WIEN Stadt der Begegnung

WIEN

Stadt der Begegnung

Photographiert von BARBARA PFLAUM

Idee und Textauswahl ELISABETH PABLÉ

JUGEND UND VOLK · RESIDENZ VERLAG

ISBN 3-7141-6451-0 Jugend und Volk Wien

Umschlaggestaltung und Layout: Walter Pichler, Photo auf dem Umschlag: Barbara Pflaum.

 Druck: Waldheim-Eberle, Wien. Printed in Austria.

Vorwort

Wenn die Stadtverwaltung Ihnen, liebe Jungbürger, ein Buch in die Hand gibt, in dem in Wort und Bild Wien und die Wiener unter der scharfen Lupe der Literaten, der Wissenschaftler, der Künstler und Politiker untersucht werden, hat dies seinen guten Grund. Wir wollen Sie dazu anregen, ebenfalls Stellung zu beziehen. Denn jede Stellungnahme — sei sie positiv oder negativ — setzt Anteilnahme und Prüfung voraus.

Wir haben gerade in unserer Zeit an der Schwelle eines neuen Jahrtausends die Mitarbeit und Anteilnahme der Jugend bei der Lösung der gesellschaftlichen Probleme des urbanen Lebens notwendiger denn je. Experten sprechen von einer Krise der städtischen Gesellschaft. Diese Krise zu überwinden wird nur dann möglich sein, wenn die Jugend stärker als bisher auf ihr Recht pocht, die eigene Zukunft selbst mitzugestalten.

Wenn man mit bestehenden Verhältnissen unzufrieden ist, kann man sich abseits stellen und eine Gegenkultur etablieren. Ein Großteil des Protests der jungen Generation schlug in aller Welt in den letzten Jahren diese Richtung ein. Der Erfolg scheint mäßig, denn man beraubt sich freiwillig aller Möglichkeiten, im Gemeinwesen für Änderungen zu kämpfen. Dann kommt es zu dem paradoxen Zustand, daß eine Generation ungehindert und ungestört Entscheidungen fällen kann, deren Auswirkungen diese Generation gar nicht mehr erleben wird. Dann werden wir wieder in jene Zeit zurückgeworfen, in der die Väter und Mütter bestimmten, wie das Leben der Kinder auch im Erwachsenenalter auszusehen hat.

Es gibt eine zweite Möglichkeit der Jugend, gegen die allzu große Macht der „Vätergeneration" zu rebellieren: Diese zweite Möglichkeit setzt die Begegnung und alle daraus resultierenden Konsequenzen voraus. Sie lastet der Jugend mehr Verantwortung und Arbeit auf, sie fordert geistige Auseinandersetzung, demokratisches und soziales Verhalten innerhalb der Gemeinschaft. Dieser zweiten Möglichkeit stärker als bisher zum Durchbruch zu verhelfen, der Mitbestimmung auch die Mitverantwortung gegenüberzustellen, ist eine wichtige Aufgabe. Wenn dieses Buch Ihnen in dieser Richtung wenigstens einen kleinen Impuls verleiht, hat es seinen Zweck erfüllt.

FELIX SLAVIK
BÜRGERMEISTER DER STADT WIEN

Wien und die Wiener

„Es spielte keine Rolle für mich, wo ich hinfuhr. Nur aus Wien heraus!" Jener Maler und Dichter, der dies 1971 rückblickend in seiner Autobiographie „Mein Leben" schreibt, hatte im Jahre 1909 allen Grund zu diesem Entschluß. Man hatte ihn in der Presse als „degenerierten Künstler", „Bürgerschreck", „Jugendverderber" und „Zuchthauspflanze" bezeichnet, hatte ihn buchstäblich aus der Stadt verjagt. 1971 kamen 90 000 Besucher ins Belvedere, um seine Bilder zu sehen, zu bewundern. Und auch er selber kam, der große alte Mann, der gebürtige Österreicher, dem mit einem tschechischen Paß die Flucht aus dem von Hitlers Truppen bestürmten Frankreich nach England glückte und der heute mit einem englischen Paß in der Schweiz lebt: Oskar Kokoschka. Wien hatte ihn geladen und hatte sich diese Heimkehr, die eine Wiedergutmachung, eine Versöhnung war, auch etwas kosten lassen: An die drei Millionen Schilling an Subvention wurden von der Wiener Kulturförderung dafür ausgegeben. Und als er bei diesem Besuch in Wien den Wunsch äußerte, man möge doch ein Haus des großen bahnbrechenden Architekten Adolf Loos, der Mentor und Förderer und Freund des jungen Kokoschka gewesen war, erwerben, um es zu erhalten, erfüllte Wien ihm diesen Wunsch, bot das Haus ihm an als Wohnstatt bei künftigen Besuchen. Wien hatte Frieden geschlossen mit Oskar Kokoschka, und Oskar Kokoschka mit Wien, wie aus einem Brief zu entnehmen ist, der der Stadt Dank und Anerkennung ausspricht.

Dies Spannungsverhältnis zwischen Wien und den Wienern ist kennzeichnend für die Stadt und ihre Bürger, für jene, die hier geboren werden, und jene, die sie anzieht. Kritik an dieser Stadt ist der Ausdruck verantwortungsbewußter Liebe, ist letztlich schöpferisch, so hart sie manchmal auch ausgefallen sein mag und noch immer ausfällt. Man kann nur an etwas leiden, wenn man liebt, und je tiefer das Leid, bis zu Schmähung und Haß, desto größer die Liebe. „Der Heimat treuer Hasser" hat sich Karl Kraus genannt und damit zu erkennen gegeben, daß seine Kritik an dieser Stadt in der Treue zu ihr wurzelt.

Wien ist groß und stark genug, Kritik zu ertragen. Und Wien hat jenen, die Kritik geübt haben, weder je die Rückkehr verwehrt noch auch — in vielen Fällen war es so — hohe Ehrung. Das muß man sich vor Augen halten, wenn man in diesem Buch Zitate liest, aus denen sich mosaikartig das Verhältnis der Wiener zu Wien wenigstens andeutungsweise zu erkennen geben soll und die in all ihrer Widersprüchlichkeit doch jene einheitliche Grundtendenz erkennen lassen, von dieser Stadt gezeichnet und durchzeichnet worden zu sein.

O. KOKOSCHKA
VILLENEUVE (VAUD)
SUISSE
Tel. (021) 60 13 12

Liebe Frau Vicebürgermeisterin
Dr. Gertrud Fröhlich-Sandtner

Ihr liebenswürdiger Brief
mit der Nachricht, daß das
Wohnhaus von der Wiener Stadt-
gemeinde erworben worden
ist und somit unter Denkmal-
schutz steht, hat mich ehrlich
gefreut! Ihr seid ein gutes
team von Stadtmüttern und
Stadtvätern, Euer Namen wird
in den Annalen der Wiener Geschichte
erhalten bleiben für was Ihr
zusammen an Kulturförderung
schon geleistet habt und noch
leisten werdet. Auch der vorzügliche
Plan die Restaurierung der Fassaden
der romanischen, gotischen Häuser und
Barockpaläste ist vorbildlich wenn

zum Beispiel in London alles
demoliert wird was schön und
ehrwürdig war und dafür Wolken-
kratzer entstehen, die in kurzer
Zeit zusammen fallen, die Kinder
nicht auf die Strasse kommen
um das Leben kennen zu lernen
oder wie in Prag, Strassen un-
sicher werden weil die Fassaden
herunterfallen, da seid Ihr Wiener
Frauen und Euer Bürgermeister
ein wahrer kultureller Grenzposten
getreu der historischen Vergangen-
heit. Ich hoffe, verehrte Frau
Vicebürgermeisterin, dass Sie
das Loos Haus bewohnen damit
es bei meinem nächsten Besuch
in Wien häuslich mir Gastfreund-
schaft bietet.
Mit innigen Dank für Alles Liebe
und herzlichen Grüssen auch dem
Bürgermeister

Ihr ergebener Hundertwasser

Stifter, der große Topograph Wiens mit der Schreibfeder, zeichnet ein ebenso behutsames wie genaues Bild. Johannes Urzidil, der gebürtige Prager, schildert das Wien des Biedermeiers, die ganze weite Landschaft eines Vielvölkerstaates, der hier zu einer Einheit in der Vielfalt verschmolz, und Stefan Zweig, der große Europäer, der daran gestorben ist, daß Wien nicht mehr die Hauptstadt von Österreich sein durfte, sondern nur noch eine Mark, Stefan Zweig bezeugt die Kraft dieses Landes und dieser Stadt, die nur durch Gewalt von außen ihrer Eigenständigkeit beraubt werden konnte. Wien — Weltdorf oder Pensionopolis? Diese Frage wurde immer und wird auch heute noch gestellt. Und die da negativ sich entschieden, bezeugten durch ihr Werk, welch große Söhne der Stadt sie waren; angefangen von Grillparzer über Ferdinand Kürnberger, einen scharfen kritischen Geist von der Gesinnung eines Karl Kraus, bis zu Egon Friedell, der in seiner Heimatstadt lieber den Freitod wählte, denn in die Emigration zu gehen; Arthur Schnitzler, der Dichter, und Rudolf von Alt, der Maler, beide verkörpern sie in ihren Werken gleichnishaft eine ganz bestimmte Epoche Wiens. Weinheber, der Wien so unvergleichlich in der Mundart der Stadt besungen hat, läßt jenes Raunzertum erkennen, das man allerorts und allerwelts — sei's zu Recht, sei's zu Unrecht — für ein Charakteristikum des Wieners hält, während der große alte Mann der österreichischen Literatur, Legende schon bei Lebzeiten, Albert Paris Gütersloh, und Heimito von Doderer, der in seinen Romanen das Wien der ersten Jahrhunderthälfte gleich einem Historiker verewigt hat, ihr Bekenntnis zur Heimat mit der inneren Stärke und der Überzeugung der Erkenntnis für die großen Zusammenhänge niedergelegt haben. Und was in die Zukunft weist, das spricht Hans Weigel aus, der „heimliche Patriot" mit der spitzen Feder, der von sich einmal gesagt hat, Wiener zu sein sei sein Beruf.

Adalbert Stifter EIN TAUSENDGESTALTIG, SELTSAM VOLK

Es ist ein tausendgestaltig, ein seltsam Volk, durcheinandergewürfelt mit allen Vortrefflichkeiten und Tugenden, und mit allen Leidenschaften und Lastern, und wenn du sagen gehört, wie Frohsinn und Herzensgüte, so wie Scherz und Schalkheit der eigentliche Grundzug dieses Volkes sei, und obwohl es wahr ist, was man dir sagte: so hoffe doch nicht, daß du dieses am ersten, oder zweiten, oder zehnten, oder hunderten Tag herauskostest. — Diese Stadt muß wie ein kostbares Nachessen, langsam Stückchen für Stückchen mit Prüfung ausgekostet werden, ja du mußt selbst ein solches Stückchen geworden sein, ehe der ganze Reichtum ihres Inhaltes und die Reize ihrer Umgebungen dein Eigentum geworden sind. Nur der langsamen und anhaltenden Beobachtung gibt sie sich hin, aber dann tief und innig und nachhaltend. Darum geht mancher von hier fort, und trägt nichts mit, als ein Getümmel in seinem Kopfe. Erst lerne jene Öde überwinden, die dich fassen wird, wenn du täglich aus deiner Wohnung gehst, und täglich andere Menschen auf der Gasse siehest; wenn du an Orten der Freude bist, und alles um dich braust und jubelt, ohne sich um dich zu kümmern, daß es dir fast gespenstisch einsam wird — harre nur, gehe immer aus, sei immer hier, werde gemach einer aus ihnen, und siehe, in geheimer Sympathie wirst du alle auf der Gasse erkennen, ja so erkennen, daß du den Fremden sogleich herausfindest. Sie werden überall mit dir reden, sie werden dich einladen, sie werden dir Freude zuteilen; denn du bist jetzt einer der ihren, sie erkennen dich, und geben sich dir — —

Nimm die Menschen und Bilder, wie sie kommen. Jetzt ein kleines, unbedeutendes Wesen, jetzt ein tiefer Mann voll Bedeutung; jetzt Scherz, jetzt Ernst, jetzt ein Einzelbild, jetzt Gruppen und Massen — und alles dies zusammen malet dir dann zuletzt Geist und Bedeutung dieser Stadt in allem, was in ihr liegt, sei es Größe und Würde, sei es Lächerlichkeit und Torheit, sei es Güte und Fröhlichkeit. So, nun steige hinab, und trete in das nächstbeste Individuum, und beachte es und studiere es, und werde gemach auch einer aus diesen allen, welche in Wien leben, und leben und sterben wollen nur in Wien.

Johannes Urzidil DAS CAPUA DER GEISTER

Außen rundumher musizierte und plauderte das Wien des Biedermeier. Gemütlich geduckte Bürgerhäuser, innen Mädchen in geblümten Puffärmelkleidern, auf geblümten Polstersesseln, geblümt gebundene Almanache lesend oder Blumensträuße in Aquarell malend, ihre Briefchen auf buntes Schreibpapier, umsäumt von zarten Girlanden, kritzelnd, alles geblümt, selbst die Westen der Cujone des Herrn Polizeiministers, der die Buchhändler und Zeitungsschreiber in scharfer Räson hielt, über die Küchengespräche bei Gevatter Schneider und Handschuhmacher genauest Bescheid wußte und seinen Wienern über die heilige Beichte und Kommunion hinaus nur noch den Gumpoldskirchner und das sonntägliche Backhendl genehmigte. Wien war das gemütliche Wien. Da kutschierte der Adel im Prater auf der großen Hauptallee in seinen Zeugerln hin und her. Beethoven lebte da in Zerrissenheit und Verzweiflung. „Verflucht sey das Leben hier... es kann nicht ärger sein." Schubert komponierte unselig Lied um Lied. Raimund dichtete sich munter dem Selbstmord entgegen. Grillparzer schrieb verbittert seine Dramen. Das Capua der Geister! Seit dem Wiener Kongreß drehte sich die Posse mit Gesang und Tanz rund um den Stephansturm, und die Töchter machten gute Partien und richteten sich modisch ein, in jeder Stube ein Bild eines behaglichen Malers: Gewitter am Dachstein, der Wildschütz, Miniaturen, Familiengruppen. Und zu den Namenstagen und hohen Kirchenfesten sandte man bewegliche Complimentierbillets mit trauten Verslein, Kanarienvöglein und Vergißmeinnichtkränzchen an Verwandte und Bekannte. Die Böhmen waren Schuster und Schneider, die Slowaken Mausefallenhändler und die Slowenen „Gottscheer", die einen Korb mit Taschenfeiteln und Kandisschachteln vor sich her trugen und in den Grinzinger Weingärten auf dem Wege des Lottospiels zur Unterhaltung der Wiener feilboten: „Grad — Ungrad", „Unter Hundert — Über Hundert!" Das waren auch Völker der österreichischen Lande, die der gute Kaiser Franz, der Schwiegervater und Besieger des bösen Napoleon, von seiner gemütlichen und vielgeblümten Reichshaupt- und Residenzstadt aus gnädig und huldreich regierte.

Stefan Zweig VERBORGENE LEBENSKRAFT

Keine Stadt nach dem Weltkriege war durch den Frieden von 1919 so tief getroffen worden wie Wien. Denken Sie es sich aus: die Hauptstadt einer Monarchie von vierundfünfzig Millionen hat plötzlich nur noch vier Millionen um sich. Es ist nicht die Kaiserstadt mehr, der Kaiser ist vertrieben und mit ihm all der Glanz von Festlichkeit. Alle Arterien zu den Provinzen, aus denen die Hauptstadt Nahrung zog, sind abgeschnitten, die Bahnen haben keine Waggons, die Lokomotiven keine Kohle, die Läden sind ausgeräumt, es ist kein Brot, kein Obst, kein Fleisch, kein Gemüse da, das Geld entwertet sich von Stunde zu Stunde. Überall prophezeit man, daß es mit Wien endgültig zuende ist. Gras werde in den Straßen wachsen, Zehntausende, Hunderttausende müßten wegziehen, um nicht Hungers zu sterben; und man erwägt ernstlich, ob man nicht die Kunstsammlungen verkaufen solle, um Brot zu schaffen, und einen Teil der Häuser niederreißen angesichts der drohenden Verödung.
Aber in dieser alten Stadt war eine Lebenskraft verborgen, die niemand vermutet hatte. Sie war eigentlich immer dagewesen, diese Kraft des Lebens, diese Kraft der Arbeit. Wir hatten uns ihrer nur nicht so laut und prahlerisch gerühmt wie die Deutschen, wir hatten uns selbst durch unseren Schein der Leichtlebigkeit täuschen lassen über die Leistungen, die im Handwerk, in den Künsten im Stillen immer getan worden waren. Genau wie die Fremden gern Frankreich sehen als das Land der Verschwendung und des Luxus, weil sie nicht weit über die Läden der Juweliere in der rue de la Paix und die internationalen Nachtlokale des Montmartre hinauskommen, weil sie nie Belleville betreten, nie die Arbeiter, nie die Bürgerschaft, nie die Provinz bei ihrer stillen zähen sparsamen Tätigkeit gesehen haben, so hatte man sich über Wien getäuscht. Jetzt aber war Wien herausgefordert, alles zu leisten, und wir vergeudeten nicht unsere Zeit. Wir verschwendeten nicht unsere seelischen Kräfte damit, wie drüben in Deutschland ununterbrochen die Niederlage zu leugnen und zu erklären, wir seien verraten worden und niemals besiegt. Wir sagten ehrlich: der Krieg ist zuende. Fangen wir von neuem an! Bauen wir Wien, bauen wir Österreich noch einmal auf!
Und da geschah das Wunder. Drei Jahre, und alles war wiederhergestellt, fünf Jahre, und es wuchsen jene prachtvollen Gemeindehäuser auf, die ein soziales Vorbild für ganz Europa wurden. Die Galerien, die Gärten erneuerten sich, Wien wurde schöner als je. Der ganze Handel strömte wieder zurück, die Künste blühten, es entstanden neue Industrien, und bald waren wir auf hundert Gebieten voran. Wir waren leichtlebig, leichtfertig gewesen, solange wir vom alten Kapital zehrten; jetzt, da alles verloren war, kam eine Energie zutage, die uns selbst überraschte. An die Universität dieser verarmten Stadt drängten Studenten aus aller Welt; um unseren großen Meister, Sigmund Freud, den wir eben im Exil begraben haben, bildete sich eine Schule, die in Europa und Amerika alle Formen geistiger Tätigkeit beeinflußte. Während wir früher im Buchhandel von Deutschland völlig abhängig gewesen waren, entstanden jetzt in Wien große Verlagshäuser; Kommissionen kamen aus England und Amerika, um die vorbildliche soziale Fürsorge der Gemeinde Wien zu studieren, das Kunstgewerbe schuf sich durch seine Eigenart und seinen Geschmack eine dominierende Stellung. Alles war plötzlich Aktivität und Intensität. Max Reinhardt verließ Berlin und organisierte das Wiener Theater. Toscanini kam aus Mailand, Bruno Walter aus München an die Wiener Oper, und Salzburg, wo Österreich all seine künstlerischen Kräfte repräsentativ zusammenfaßte, wurde die internationale Metropole der Musik und ein Triumph ohnegleichen. Vergeblich suchten die Kunst-

kammern Deutschlands mit ihren unbeschränkten Mitteln in München und anderen Städten diesen begeisterten Zustrom aus allen Ländern uns abzugraben. Es gelang nicht. Denn wir wußten, wofür wir kämpften, über Nacht war noch einmal Österreich eine historische Aufgabe zugefallen: die Freiheit des deutschen Worts, das in Deutschland schon geknechtet war, noch einmal vor der Welt zu bewähren, die europäische Kultur, unser altes Erbe, zu verteidigen. Das gab dieser Stadt, der angeblich so verspielten, eine wunderbare Kraft. Es war nicht ein Einzelner, der dieses Wunder der Auferstehung vollbrachte, nicht Seipel, der Katholik, nicht die Sozialdemokraten, nicht die Monarchisten; es waren alle zusammen, es war der Lebenswille einer zweitausendjährigen Stadt, und ich darf es wohl sagen ohne kleinlichen Patriotismus: nie hat Wien seine kulturelle Eigenart so glorreich bekundet, nie hat es dermaßen die Sympathie der ganzen Welt errungen wie eine Stunde vor dem großen Anschlag auf seine Unabhängigkeit.

Albert Paris Gütersloh HEIMAT, O HEIMAT

Uns angeborene Wege und Häuser, Aus- und Einblicke! Wo der Begriff der Fremde, des Barbaren gefaßt wird! Wo jeder ein Grieche ist! Von wo die Kenntnis der übrigen Welt ausgeht, und wohin sie zurückkehrt! Wo in der nämlichen Scheuer das Saatkorn ruht und die Ernte! Wo das Nacheinander unserer Lebenstage übereinandergestellt wird gleich sämtlichen abgegessenen Tellern! O Heimat! Urruf der Poesie! Erdenloch, daraus wir schlüpften! Erster Erblickort des Himmels! Erster Erblickort des lieben Nächsten! Wo wir auch enden werden, wenn nicht mit dem dort gezeugten Leibe, so doch mit dem dort empfangenen Geiste! Füllhorn, in dessen engster Enge man schließlich erstickt! Loch, durch das man in die Unterwelt sinkt! Schwarz ausgeschlagenes Loch!

Heimito von Doderer ÖSTERREICHER, DER

Die Furchtbarkeit des Österreichers besteht in der Rückwendung seiner hohen Intelligenz aus ihrer transzendenten Elongatur in's Behagen: und welchen Wohlgeruch, welchen Duft, welchen bestechenden Charme erzeugt sie dann! Es ist gerade das, was Gütersloh, in der „Rede über Blei“, die „interessante Schwäche“ nennt. Sie ermöglicht es, sich um sich selbst zu drehen, wie der Dreivierteltakt, oder in sich selbst zurückzulaufen, wie die Ringstraße in Wien. Die österreichische Intelligenz kommt einer Kassierung jeder Hoffnung gleich, das heißt, sie ist tiefster Instinkt für die historische Wahrheit.

WIEN NEGATIV Weltdorf — Pensionopolis

Franz Grillparzer Fliehen will ich dies Land der Erbärmlichkeiten, des Despotismus und seines Begleiters, der dummen Stumpfheit, wo Verdienste mit der Elle der Anciennität gemessen werden, und wo man nichts genießen zu können glaubt, als was eßbar ist...

Ferdinand Kürnberger Wien... eine Zone süddeutscher Laxheit, multipliziert mit slawischer Liederlichkeit und zum Quadrat erhoben durch geistliche und weltliche Mißregierung hundertjähriger Dalai-Lama-Absolutie... Stirn an Stirn hat kein Wiener je nein gesagt. Er hat vertröstet, hingehalten, Ausflüchte gemacht und dann — sich ergeben.

Arthur Schnitzler

Urworte Orphisch
Die Kennworte des Wieners:
Wie komm' denn i dazu?
Es zahlt sich ja net aus!
Tun S' Ihnen nix an.

Rudolf von Alt Der Wiener Künstler stößt sich zeitlebens die Stirn wund an einer großen, grauen Mauer, auf die ein Herz von Fließpapier geklebt ist; die Mauer ist die Wiener Indolenz, und das Papierherz ist das goldene Wiener Herz.

Egon Friedell Der Wiener ist immer bereit, hinter jedem Enthusiasmus eine Blague, hinter jeder idealen Bestrebung einen persönlichen Zweck und, wenn ihm schon gar keine andere Ausflucht bleibt, zumindest in jeder geistigen Ambition eine „Fadesse" zu sehen. Daher kommt es, daß das ganze Leben in Wien so etwas seltsam Verzerrtes hat.

Karl Kraus

Der Wiener spricht:
Wir brauchen keinen Richter nicht.
Uns protegiert das Weltgericht,
daß unsereins kein Unrecht g'schicht.
Und wenn die Welt zusammenbricht,
wir richten's bei der Weltgeschicht'.

Hermann Broch In Erfüllung einer Traditionspflicht verwechselte Wien Museumshaftigkeit mit Kultur und wurde zum Museum seiner selbst.

WIEN POSITIV Weltstadt — Europolis

Friedrich Hebbel Wien! Da ist alles gewachsen, nichts gemacht!

Charles de Montesquieu Man stirbt in Wien, aber man altert hier niemals.

Joseph von Eichendorff Ich weiß nicht, welche Zauberei dort los ist, aber ich werde mein Heimweh nach Wien nicht los...

Egon Friedell Das Grundwesen des Wieners besteht in der feudalen Fähigkeit, ja Nötigung, mit allem zu spielen, alles von der freien, aber auch völlig unverantwortlichen Höhe einer Skepsis zu betrachten, der alles gleich wichtig und unwichtig ist: Das ist der unverlierbare Zug im Wiener, auf den die anderen Deutschen mit einer gewissen Geringschätzung, aber mit noch viel mehr Neid blicken.

Anastasius Grün Ein glücklich Volk lebt hier.

Stefan Zweig Es war wundervoll, hier zu leben, in dieser Stadt, die gastfrei alles Fremde aufnahm und gerne sich gab... Wien war, man weiß es, eine genießerische Stadt...

Alfons Petzold Sagt einer: Wien!
Zieht's mich von jedem Ort,
möchte ich heimzu fliehn
mit diesem Wort.

Hermann Keyserling Der Österreicher ist diskret, hat Format auf allen Gebieten, hat ein dem französischen gleichwertiges Qualitätsbewußtsein, weswegen Weltreputationen außer in Paris auch in Wien gemacht werden.

Josef Weinheber: Wien ist durch Jahrhunderte hindurch so stark im Mittelpunkt entscheidender Geschehnisse gestanden, daß die Geschichte Wiens gleichzeitig diejenige des mittleren Europa war.

Josef Weinheber

Und der Wiener selbst? Dieses merkwürdige Kreuzungsprodukt aus Vorstadtenge und Kaiserstadtvergangenheit, Trübsinn und Aufdrahlust, Sinnenfreude und Raunzertum, musikalischer Bewegtheit und spießerischem Beharrungsdrang: Wird er zugrunde gehen, aussterben? Und einem Typ von Großstädter Platz machen, wie er in den Allerweltszentren nicht eben zu Haus ist, aber vegetiert und schuftet? Die älteren Wiener, die noch in der Zeit vor dem großen Kriege wurzeln, sagen, es kämen keine Jungen mehr nach. Sie seien die letzten. Die Jungen seien halt Leut.
Wird ihr echter Wiener Pessimismus Recht behalten?

Hans Weigel VERLIERT WIEN SEIN GESICHT?

...ich habe Ihnen ein Bild der Stadt vorzuführen versucht und dabei abwechselnd ja und nein gesagt, und beides aus Überzeugung. Ich bin leidenschaftlicher Wiener, ich bin an Wien gebunden — wenn ich die Stadt verlassen muß, werde ich schon bei Neulengbach oder Leobersdorf unruhig —, ich kann nur in Wien leben, aber dazu gehört, daß ich an Wien leide, an seiner Mischung aus Unseligem und Begnadetem, die einander voraussetzen, die einander bedingen, die ein labiles Gleichgewicht ergeben, welches höchst konstant und überaus stabil ist. Ich glaube daran, daß Wien, so wie es ist, ganz in Ordnung ist, auch dort und gerade dort, wo es nicht in Ordnung ist. Denn eine konsequent verwirklichte Ordnung bedeutet entweder die Hölle oder das Paradies oder den Jüngsten Tag, und gegen diese drei Möglichkeiten besteht mitten in Europa ein mächtiges Bollwerk namens Wien.
Die Stadt hat ihr Gesicht nicht verloren, denn immer noch ist es zusammengesetzt aus den Gesichtern von rund zwei Millionen Wienern, aus zwei Millionen Neinsagern, was eine millionenfache Bejahung ergibt. Mit anderen Worten: Ob die Stadt Wien ein Gesicht hat, vermag ich nicht zu sagen — aber daß sie es nicht verloren hat, steht fest. Mit anderen Worten: Die Zukunft hat bekanntlich schon begonnen — aber in Wien sieht sie, Gott sei Dank, der Vergangenheit zum Verwechseln ähnlich.

Heldenplatz, Blick aus dem Kongreßzentrum in der Hofburg

Volksgarten

Kuppel der Peterskirche vom Stephansdom

Wien aus der Vogelperspektive vom Stephansturm aus: ein Gewimmel und Geschiebe von Dächern, Giebeln, Schornsteinen, Türmen, ein Durcheinanderliegen von Prismen, Würfeln, Pyramiden, Parallelopiden, Kuppeln, als sei das alles in toller Kristallisation aneinander geschossen …
Adalbert Stifter

STIFTUNGSHAUS

In Wien zu Gast

Bank- und Börsengebäude von Heinrich Ferstel, Herrengasse

Arsenal

Theseus-Tempel

Konzerthaus

Kornhäusel-Turm, Biedermeierhochhaus, auf dessen Dach Adalbert Stifter die totale Sonnenfinsternis vom 8. Juli 1842 beobachtete.

Hofbassena

Stadtbahnbauten von Otto Wagner, Gaudenzdorfer Gürtel

Villa Otto Wagner, Hüttelbergstraße

Strudlhofstiege

Ringturm, vom Donaukanal aus

Wien ist gebaut aus Stein mit eingelegten Augen.
J. P. Donleavy

Blick vom Stephansdom auf das Erzbischöfliche Palais

Stephansturm

Erlebte Geschichte

Was nahm wirklich seinen Anfang an jenem Tag, an dem der österreichische Thronfolger Erzherzog Franz Ferdinand einem Attentat zum Opfer fiel? Wie sehr haben diese Schüsse den Auftakt gegeben zu weltweiten Veränderungen, zum Zusammenbruch von Großreichen und Gesellschaftsformen, zu einer Neuordnung der Welt? Gordon Brook-Shepherd, ein englischer Historiker, der sich mit mehreren zeitgeschichtlichen Werken über Österreich einen Namen gemacht hat, formuliert es prägnant und umfassend.

Gordon Brook-Shepherd SARAJEVO

Niemand konnte an diesem 28. Juni 1914 ahnen, welche Folgen die Ermordung des österreichischen Thronfolgers Erzherzog Franz Ferdinand durch einen bosnischen Studenten haben werde. Und niemand hätte zu denken gewagt, daß die Kugeln des Gavrilo Princip den ersten Weltkrieg auslösen und damit den Tod von zehn Millionen Menschen herbeiführen würden. Diese Schüsse brachten vier europäische Dynastien und vier mächtige Reiche zum Sturz: die Romanows und das Kaiserreich Rußland, die Hohenzollern und das Kaiserreich Deutschland, die Osmanen und das Reich der Türken sowie das ehrwürdige Haus Habsburg und die Donaumonarchie. Die Kugeln von Sarajevo zerstörten die Lebensform und die Gesellschaftsordnung einer Epoche, bewirkten die Verarmung Europas und die allmähliche Verlagerung der Macht nach Amerika.

Oskar Helmer, einer der Führer der österreichischen Sozialdemokratie, 27 Jahre später, in schwerster Zeit, als erster Bundesminister des Innenressorts nach 1945, maßgeblich und entscheidend am Wiederaufbau und an der Erstarkung und Sicherung des Staates und der Stadt Wien beteiligt, schildert in seinem Buch „50 Jahre erlebte Geschichte“ die Anfänge der Ersten Republik. Aber er schildert auch, daß die neugewonnene Einheit über den politischen Unfrieden im Lande, über die Rivalität der beiden großen politischen Lager nicht hinwegtäuschen konnte. Ein kleiner Ort im Burgenland war der Schauplatz, an dem die offenen Feindseligkeiten begannen — mit Mord. Die Stadt Wien war der Schauplatz, wo sie sich fortsetzten und begannen, die Gegensätze ins scheinbar Unüberbrückbare zu verschärfen.

Oskar Helmer SCHATTENDORF UND DIE FOLGEN

Im Februar 1927 war es in Schattendorf im Burgenland nach einer Versammlung zu einem schweren Zusammenstoß mit ungarnfreundlich eingestellten Frontkämpfern gekommen. Diese schossen aus dem Fenster eines Wirtshauses auf die Straße und töteten dabei einen Arbeiter und ein zehnjähriges Kind. Der blutige Überfall rief in ganz Österreich Entsetzen und Empörung hervor. Es kam zu stürmischen Kundgebungen, Demonstrationsstreiks und Aufmärschen. Erst allmählich flaute die erbitterte Stimmung etwas ab.

Im Juli des gleichen Jahres fand nun der Prozeß gegen die Mörder vor dem Wiener Schwurgericht statt. In achttägiger Verhandlung wurde der Sachverhalt erörtert und der Beweis für die Schuld der Angeklagten erbracht. Mit größter Spannung wurde das Urteil erwartet. In den Abendstunden des 14. Juli verkündeten Extraausgaben den Freispruch der Angeklagten. Die Bluttat von Schattendorf war ohne Sühne geblieben.

Daraufhin legten am 15. Juli die Wiener Arbeiter in vielen Betrieben spontan die Arbeit nieder und zogen in die Stadt. Daraus entwickelte sich durch mannigfaltige Fehler auf allen Seiten jenes blutige Unheil, das zu einer Hauptkomponente des Untergangs der Ersten Republik wurde.

Der 15. Juli 1927 ist ein Trauerdatum der österreichischen Geschichte, das hüben und drüben nie vergessen werden soll, damit sich solche Dinge nie mehr wiederholen können.

Dr. Renner setzte unmittelbar nach den Bluttagen in Wien die Frage der inneren Abrüstung und der inneren Befriedung des Landes auf die Tagesordnung der österreichischen Politik und erklärte die Bereitschaft der Sozialdemokratischen Partei, zur inneren Entspannung beizutragen und unter entsprechenden Voraussetzungen auch die Mitverantwortung an der Führung der Staatsgeschäfte zu übernehmen.

Nur eine Verständigung der beiden großen Parteien hätte bei Wahrung aller weltanschaulichen Gegensätze das Parlament arbeitsfähig gemacht und den notwendigen Interessenausgleich ermöglicht. Die weitere Verschärfung der Gegensätze hingegen mußte die Arbeit des Parlaments vollends lähmen und damit zwangsweise zu einer gewaltsamen Lösung drängen.

Das Begräbnis der Juliopfer war eines meiner erschütterndsten Erlebnisse. Im Zentralfriedhof waren die Opfer aufgebahrt. Dr. Wilhelm Ellenbogen hielt die Abschiedsrede, die im Schluchzen und Weinen der Angehörigen unterging.

Diese Warnung, die Gegensätze nicht zu steigern, blieb ungehört; in wenigen Jahren führten die Gegensätze zum Unglück des 12. Februar 1934.

Franz Theodor Csokor, ein unbestechlicher Zeuge und überzeugter Österreicher, der 1938 freiwillig das Exil wählte, ein bedeutender Schriftsteller und Dichter, von 1947 bis zu seinem Tod im Jahre 1969 Präsident des Österreichischen PEN-Clubs, nennt sich in seinen „Erinnerungen in Briefen" einen „Zeugen der Zeit".

Franz Theodor Csokor EIN BRIEF VON MIR AN MICH IM RÜCKBLICK AUS 1938

Das schreibe ich jetzt nieder — damit es nicht vergessen werde oder gar geleugnet von den Nachgeborenen.

Der erste Bürgerkrieg, der seit dem Jahre 1848 in Wien ausbrach und jetzt ebenso unter Gewehrläufen und am Galgen endete, ist nicht durch die entfesselt worden, die man nachträglich dieses Vergehens bezichtigte — dafür bin ich Zeuge. Er hat seine Vorgeschichte: die Vergeßlichkeit von solchen, die 1918 einander „Nie wieder Krieg!" zuschworen und danach anstelle des gemeinsamen Heeres, das an der Front in seine Nationen zerfiel, Parteiarmeen schufen. Der Freispruch einer ihrer Gruppen, deren Schüsse 1927 zwei Leben forderten, stand am Beginn. Als eine symbolische Auflehnung gegen jenes Unrecht brannte der Justizpalast; an neunzig Opfer forderte dieser Julitag. Von da ab gab es keine Ruhe mehr, zumal nun auch die Partisanen des Dritten Reiches ihre Kader formten. Zwar mißglückte ihnen ein erster Putsch, den sie 1931 im Bunde mit den ländlichen Heimwehrformationen ins Werk setzten, jedoch im Parlament vereinigte eine Veränderung der Verfassung über die Volksvertretung weg Gesetzgebung mit der Vollzugsgewalt zur Diktatur im Schatten Mussolinis. Von Auflösung bedroht, räumte der sozialistische Schutzbund der ständisch ausgerichteten Heimwehr das Feld, für deren Betreuung und Bewaffnung nun das faschistische Italien sorgte. Da man in dem von Berlin her drohenden Hitler das größere Übel sah, nahm man das hin, selbst bei den Sozialisten — bis ihr Parteiheim in Linz, eingekreist von der Privatarmee des Major Fey, sich wehrte.

Nun griffen auch in Wien die Sozialisten zu den Waffen und ebenso in der Steiermark — das heißt, daß sie dabei ins Leere griffen. Wie weit die wiederholten Waffensuchen der Gegner vorgearbeitet haben mochten, sei dahingestellt; das wenige, das sich fand, war bald verbraucht. Und das Bundesheer blieb diesmal nicht Gewehr bei Fuß, es setzte alle seine Mittel ein, sogar Kanonen, die man gegen den Stolz der sozialistischen Gemeinde, ihre Wohnhausbauten, richtete, in denen der letzte verbissene Widerstand geleistet wurde, hart und hoffnungslos.

Unter dem Fenster meiner Wiener Rennweg-Wohnung rasselten die Geschütze vorbei, ja, dieses Mal kam der Tod ausnahmsweise vom östlichen Zentralfriedhof zur Stadt hinein statt wie alltäglich sonst in der verkehrten Richtung. Und wenige Zeit später machten dumpfe Einschläge aus der Gegend von Ottakring und Döbling meine Fenster klirren.

Die schwache Gegenwehr erlahmte bald, aber die Standgerichte tagten nun gemächlich und ohne Berufungsmöglichkeit gegen ihr Urteil; nicht einmal der Justizminister Schuschnigg, der lieber hätte Milde walten lassen, brachte seine Einwände zur Geltung. Der Galgen kehrte zurück aus dem Museum der Stadt Wien, in das er mit dem Ende der Monarchie gewandert war — und er erhielt sein Futter — neunmal, zuletzt noch einen jungen Sozialisten, Gerl, den Tag, ehe der Sieger Dollfuß inmitten seiner ungerührten (nationalsozialistischen [Anm. des Verlages]) Mörder im Bundeskanzleramt langsam verbluten sollte.

Vorher hatte er am Ersten Mai die neue Gesetzgebung seines Ständestaates ausgerufen, mit der er Österreich vor Hitler zu retten wähnte, die mit dem Satz begann: „Im Namen Gottes, von dem alles Recht ausgeht..." Vier Jahre später hieß es an der gleichen Stelle: „Im Namen des deutschen Volkes..." und statt des Galgens kam das Beil.

Friedrich Funder, führender katholischer Publizist, nach dem Zweiten Weltkrieg Gründer und bis zu seinem Tod im Jahre 1959 Herausgeber der Wochenzeitschrift „Die Furche", mahnt mit eindringlichen Worten in seiner 1959 erschienenen Autobiographie, jener Tage nie zu vergessen.

Heute noch steigt aus dem Erinnern Schmerz und Klage auf, heute noch ist es im Namen der Liebe zu diesem Lande und seinem Volke Aufgabe und Auftrag, diese traurige Verlassenschaft liquidieren zu helfen.

In seiner Autobiographie „Bewahrt — Bedroht" schildert der bekannte Verleger Gottfried Bermann Fischer, wie sich in den ersten Monaten des Jahres 1938 die Ereignisse überstürzten.

Gottfried Bermann Fischer WIEN, JANUAR—MÄRZ 1938

10. Januar 1938

Die österreichische Regierung hatte zu einem Ball in der Hofburg eingeladen. Die Säle waren ein einziger Blumengarten. In dem großen Marmorsaal spielten auf erhöhtem Podium zwei Militärkapellen abwechselnd in unnachahmlichem Rhythmus Wiener Walzer. Eine Tausende von fröhlichen Menschen zählende Menge erfüllte die Räume, die Frauen in langen, tief dekolletierten Abendkleidern, die Männer teils in Frack, teils in den bunten, eben wieder eingeführten Uniformen der k. u. k. Armee, dazwischen die hohe Geistlichkeit, von Kardinal Innitzer in roter Soutane geführt...

Ein herrliches Fest, mit makabrem Hintergrund. Sah man genauer hin, so bemerkte man an den Türpfosten der ineinander übergehenden Säle in schwarze Uniformen gekleidete Männer der österreichischen Heimwehr, die in peinlicher Weise an die SS erinnerten. Wilde Gerüchte schwirrten von Mund zu Mund. „Der deutsche Kronprinz hat mit mehreren Generälen Deutschland verlassen — Antonescu[1] ist zurückgetreten."

In einer Ecke eines der kleinen Säle stand Schuschnigg, umgeben von seinen Ministern, in leisem Gespräch. Ich suchte Zernatto. Aber er war in dem Getümmel nicht zu finden. Es war mir unheimlich zumute. Irgend etwas ging vor. Zu allem verlöschte plötzlich das Licht. Ein Attentat? Oder nur ein Kurzschluß? Die Musik spielte im Dunkeln weiter. Es war nichts. Eine Störung in der elektrischen Leitung. — Endlich, um 3 Uhr morgens — die Festräume begannen sich zu leeren — fand ich Zernatto. Er nahm mich beiseite und flüsterte mir zu: „Ich kann Ihnen noch nichts Genaues sagen. Aber morgen ist für Österreich alles positiv und glücklich entschieden."

[1] Rumänischer Ministerpräsident, Führer der Eisernen Garde, einer gefürchteten naziähnlichen Organisation.

Am nächsten Morgen war es in Riesenlettern am Kopf aller Zeitungen zu lesen:
SCHUSCHNIGG NACH BERCHTESGADEN!
Ich wußte, daß das nur das Ende sein konnte. Was sich dort ereignet hat, gehört der Geschichte an...
Am 9. März erließ Schuschnigg seinen Aufruf zur allgemeinen Volksabstimmung über die Frage Anschluß oder unabhängiges Österreich. Ein Schritt der Verzweiflung, ein Schlag ins Gesicht Hitlers.
Donnerstag, den 11. März 1938. Ich hatte mich am Nachmittag einen Augenblick niedergelegt. Das Telefon schreckte mich auf. Unser Freund Johannes Hollnsteiner, Professor für kanonisches Recht an der Universität Wien, teilte uns mit, daß deutsche Truppen soeben in Österreich einmarschierten, Schuschnigg würde in wenigen Minuten im Radio die Lage bekanntgeben und seinen Rücktritt verkünden.

Die Kluft zwischen Arbeiterschaft und nationalen Kreisen, die Beseitigung des parlamentarischen Systems und damit die Ausschaltung der Sozialdemokratie ebneten dem nationalsozialistischen Deutschland unter Hitler den Weg zur Annexion Österreichs; was gemeinsame Bemühungen und Solidarität vielleicht hätten verhindern können, machte egozentrisches Machtdenken zunichte: Das freie Österreich mußte vor der politischen und militärischen Gewalt der deutschen Reichsregierung kapitulieren. Am Abend des 11. März 1938 richtete Bundeskanzler Dr. Kurt Schuschnigg über die österreichischen Sender einen Aufruf an die Bevölkerung.

SCHUSCHNIGGS ABSCHIEDSREDE IM RUNDFUNK

Österreicher und Österreicherinnen! Der heutige Tag hat uns vor eine schwere und entscheidende Situation gestellt. Ich bin beauftragt, dem österreichischen Volk über die Ereignisse des Tages zu berichten. Die deutsche Reichsregierung hat dem Herrn Bundespräsidenten ein befristetes Ultimatum gestellt, nach welchem der Herr Bundespräsident einen ihm vorgeschlagenen Kandidaten zum Bundeskanzler zu ernennen und die Regierung nach den Vorschlägen der deutschen Reichsregierung zu bestellen hätte, widrigenfalls der Einmarsch deutscher Truppen für diese Stunde in Aussicht genommen wurde. Ich stelle fest vor der Welt: Die Nachrichten, die über Österreich verbreitet wurden, daß Arbeiterunruhen ausgebrochen, daß Ströme von Blut geflossen seien, daß die Regierung nicht Herrin der Lage wäre, daß sie nicht Ordnung hätte machen können, sind von A bis Z erfunden. Der Herr Bundespräsident beauftragte mich, dem österreichischen Volk mitzuteilen, daß wir der Gewalt weichen. Wir haben, weil wir um keinen Preis, auch in dieser ernsten Situation nicht, deutsches Blut zu vergießen gesonnen sind, unserer Wehrmacht den Auftrag gegeben, für den Fall, daß der Einmarsch durchgeführt wird, ohne wesentlichen Widerstand sich zurückzuziehen und die Entscheidung der nächsten Stunden abzuwarten. Der Herr Bundespräsident hat den Generaltruppeninspektor mit der Führung der Wehrmacht betraut. Durch ihn werden die weiteren Weisungen an die Wehrmacht erfolgen. So verabschiede ich mich in dieser Stunde von dem österreichischen Volk mit einem deutschen Wort und mit einem Herzenswunsch: Gott schütze Österreich!

Merz/Qualtinger, ein Autorenteam, das durch das Kabarett berühmt wurde und zugleich das Kabarett in Wien berühmt gemacht hat, hat im „Herrn Karl“ einen Menschentyp geschaffen, der in seiner Erfindung wirklicher ist, als jeder erwählte Repräsentant es sein könnte. Wie war es also in jenen Tagen tatsächlich in Wien, wie boten sich die Stadt und ihre Menschen dem Beschauer?

Carl Merz/Helmut Qualtinger UND DANN IS EH DER HITLER KOMMEN...

Naja — des war eine Begeisterung... ein Jubel, wie man sie sich überhaupt nicht vorstellen kann — nach diesen furchtbaren Jahren... die traurigen Jahre... Endlich amal hat der Wiener a Freid g'habt... a Hetz... ma hat was g'segn, net? Des kennen S' Ihna gar net vurstelln... Wann san Se geborn? Achtadreißg? Naja, also, mir san alle... i waaß no... am Ring und am Heldenplatz g'standen... unübersehbar warn mir... man hat gefühlt, ma is unter sich... es war wia bein Heirigen... es war wia a riesiger Heiriger...! Aber feierlich. Ein Taumel. *Er lacht.* Na, drum san Se ja achtadreißg geborn... Wann? Im Dezember, naja... Die Deitschen san einmarschiert — mit klingendem Spiel sans kummen, mit'n Bayerischen Hilfszug... Die haben so Gulaschkanonen gehabt, wie man sagt... Gulasch war kans drin... Erdäpfeln, Kartoffeln... Uns is ja schlecht 'gangen... Aber sowas hab'n mir nie 'gessen. Na... die haben uns g'holfen... wie die Heischrecken habens uns g'holfen... Auf amal war nixmehr da... in die G'schäfter und so... Aber Schwamm drüber — es waren deitsche Brüder... im süddeitschen Raum... Altreich... Neureich... Na, unsere Polizisten san aa schon da g'standen, mit die Hakenkreizbinden... es war furchtbar... das Verbrechen, wie man diese gutgläubigen Menschen in die Irre geführt hat... Der Führer hat geführt.

Aber a Persönlichkeit war er... vielleicht ein Dämon... aber man hat die Größe gespürt...

I maan, er war net groß. I bin ja vor ihm g'standen — bein Blockwartetreffen in Rathaus. So wie i jetzt mit Ihnen sitz, bin i vor ihm g'standen... Er hat mi ang'schaut... mit seine blauen Augen... i hab eahm ang'schaut... hat er g'sagt: „Jaja.“ Da hab i alles g'wußt. Wir haben uns verstanden.

So bin i Illegaler worn... I maan, i war schon... des wissen S' no gar net... Illegal... des war damals jeder in Österreich... Illegal... des war so wie heit, wenn ma bei aner Partei is... Bei uns im Gemeindebau alle... mir warn eh alle bis Vieradreißg... dann warn mir illegal...

I maan, schaun S', was ma uns da nachher vorg'worfen hat — des war ja alles ganz anders... da war a Jud im Gemeindebau, a gewisser Tennenbaum... sonst a netter Mensch... da ham s' so Sachen gegen de Nazi g'schrieben g'habt auf de Trottoir... und der Tennenbaum hat des aufwischen müassn... net er allan... de andern Juden eh aa... hab i ihm hing'führt, daß ers aufwischt... und der Hausmaster hat zuag'schaut und hat g'lacht... er war immer bei aner Hetz dabei...

Nachn Kriag is er z'ruckkumma, der Tennenbaum. Is eahm eh nix passiert... Hab i ihm auf der Straßen troffen. I gries eahm freundlich: „Habediehre, Herr Tennenbaum!“ Der hat mi net ang'schaut. I grüaß ihn no amal: „—'diehre, Herr Tennenbaum...“ er schaut mi wieder net an. Hab i ma denkt... na bitte, jetzt is er bees. Dabei — irgendwer h ä t t ' s ja wegwischen müaßn... i maan, der Hausmaster war ja aa ka Nazi. Er hats nur net selber wegwischen wolln. Alles, was man darüber spricht heute, is ja falsch... es war eine herrliche, schöne... ich möchte diese Erinnerung nicht missen...

Wie es aber um die anderen stand, die man verhöhnte, marterte, vertrieb, ja später ermordete, oder um jene, die man nicht sah, da sie schwiegen, sich versteckten, bezeugen Theodor Kramer, der große Lyriker, dem die Flucht nach England glückte, von wo er aber viele Jahre nach dem Krieg todkrank in die von ihm so oft besungene Heimat zurückkehrte, und Berthold Viertel, der in Amerika als Regisseur große Erfolge feierte.

Theodor Kramer

WIEN 1938

Wir kommen noch wie sonst zusammen . . .

Wir kommen noch wie sonst zusammen
und können kaum mehr uns verstehn;
die einen rücken hier zusammen,
die andern wolln für immer gehn.
Die einen packen ihre Sachen
und warten auf den großen Brief,
und andre müssen grundlos lachen,
und manchen geht schier alles schief.

Es streicht sich jener Käs und Butter
seit gestern daumendick aufs Brot;
der hat mit jeder Schraubenmutter
und jedem Nagel seine Not.
Der Tee schmeckt wie gewärmter Essig,
die Schnitte Braten schmeckt nach Blut;
viel, was gesagt wird, klingt gehässig,
und jeder meint dabei es gut.

Man sähe gerne neue Leute,
die auf die gleiche Hoffnung baun;
und doch, man kann gerade heute
nur denen, die man kennt, vertraun.
Die alten Bande sind zerrissen,
bevor man auseinandergeht;
und wirklich kennt man nur das Kissen,
das zwischen Kopf und Arm sich bläht.

Berthold Viertel NACH DER EMIGRATION

Wien ist die Stadt unserer Kindheit geblieben, ist das alte Wien, und ist es nicht mehr. Nicht Wien, die Haupt- und Residenzstadt der Monarchie, in dem wir Kinder, Mitschüler, Freunde gewesen sind. Und nicht das Wien der deutsch-österreichischen Republik, die durch den verlorenen Weltkrieg aus dem Völkermosaik herausgebrochen wurde, mit seinen sozialistischen, demokratischen Anläufen und Versuchen, eine moderne Urbs zu bleiben oder erst zu werden, bis es schließlich die Stadt der Hitlerischen Ostmark wurde, um hernach durch Bomben und einmarschierende Truppen befreit zu werden. Dieses verarmte Wien, das sich dagegen wehrte, eine Provinzstadt zu werden, das von den Wohltaten der Sieger abhing und von ihrer Duldung, eine zwischen Ost und West eingeschobene Menschensiedlung, die unter den Ruinen, die es beherbergte, auch die Ruine einer ehemaligen Gesellschaft, ja, einer internationalen Kultur und so manche menschliche Ruine aufwies —: kannten wir es denn wirklich, verstanden wir es denn überhaupt? Wieviele für uns undurchdringliche Schicksale zeigte und verbarg es? Nicht nur jene Leute, wieviele oder wie wenige es sein mochten, die an den tätigen Greueln, sogar als Henkersknechte oder Helfer von Henkersknechten, teilgenommen, die von dem Unglück entrechteter und der Vernichtung preisgegebener Mitbürger Vorteil gezogen, oder solche, die falsch spekuliert oder falsch votiert hatten und sich nun zu keiner Entscheidung, außer der Enthaltung von jedem Urteil, jeder ideologischen und politischen Entscheidung, mehr aufraffen konnten: all dieses Gewesene, noch nicht Verschmerzte lag, mit den Ausdünstungen vieler Leiden, vielen selbstverschuldeten und auch schuldlosen Unglücks, nun in der Luft und vernebelte jeden klaren Blick. Wie sehr es auch nottun mochte, einen radikalen neuen Anfang zu setzen, schon die geographischen Verhältnisse, die sich in ökonomische umsetzten, verboten und verhinderten es. Hier blieb alles in der Schwebe, sozusagen im Rutschen, von schweren Gewichten eine schiefe Ebene hinabgezogen, so daß nur ein neues europäisches Gleichgewicht Halt gebieten und die Dinge zum Stehen bringen konnte. Wien war schon seit dem Ende des ersten Weltkriegs eine Metropole ohne ein ihr an Größe entsprechendes Hinterland geworden und, von den Garantie-Mächten im Stich gelassen, das wehrlose Opfer einer räuberischen Annexion, die das Gebiet Österreich nicht ohne hoffnungsvolle Zustimmung von innen her erfaßte. Der Riesenkampf um eine Neuverteilung der Welt zwischen den großen, gigantischen Mächten und Systemen, wobei ganz Europa nur noch als ein in seiner Bedeutung fragwürdiges Überbleibsel vielleicht überlebter historischer Entwicklungen erschien, war noch nicht ausgetragen, und die Gegensätze verschärften sich in dem sogenannten kalten Kriege der ungeheuren, ungeheuerlichen Rüstungen von Tag zu Tag. Deutschland war, auch ideologisch und kulturell, in zwei Teile gespalten; es gab, an Ruinen gleichmäßig gesegnet, nur noch ein Ostberlin und ein Westberlin, nur scheinbar, bei drohend geschiedenen Begriffswelten, die gleiche Sprache redend. Wien war noch ganz geblieben und sprach seinen eigenen Dialekt. Lief durch Berlin eine Front, an der der Krieg nur loszubrechen brauchte, in Wien glaubte man sich auf Erdbebengebiet zu befinden, auch wenn dort noch der konservative Zusammenhang mit der europäischen Lebensstimmung von vorgestern, der Anschluß an noch unvergessene Ergebnisse und Leistungen der Kultur gepflegt wurde.

1945 waren die Schrecken des Krieges zu Ende. Nicht zu Ende waren Not und Hunger, Krankheit und Gewalt — in einer Stadt, die aufs schwerste getroffen war. Der spätere Bundespräsident Dr. Adolf Schärf schrieb über „Österreichs Wiederaufrichtung im Jahre 1945“:

Adolf Schärf WIEN 1945

Nach den Kampftagen lagen mehr als 9000 Tote in den Straßen, die einfach in der nächsten Grünfläche beerdigt wurden... Noch Wochen nach den Kämpfen gab es in Wien nicht die üblichen Bestattungen: Starb jemand, so wurde er ohne Sarg von den Angehörigen in der nächsten Gartenanlage eingegraben. Es gab weder Särge noch Fuhrwerke zur Beförderung der Toten...

Im nachhinein scheint es fast unverständlich, wie die Bevölkerung Wiens von den Kampftagen bis in den Mai 1945 ernährt wurde. Im April gab es keine geregelte Lebensmittelabgabe; die Bezirksbürgermeister versorgten die Bevölkerung mit den von ihnen in Lagern und bei Geschäftsleuten beschlagnahmten Lebensmitteln... Im großen und ganzen hat sich damals die Bevölkerung mit den in den Haushalten verbliebenen Restbeständen aus der Zeit vor den Kämpfen und vom Ergebnis der Plünderungen genährt... Vor der Befreiung hatte der Normalverbraucher Anspruch auf 5,90 kg Schwarzbrot, 1,50 kg Weißbrot oder Mehl und 1,50 kg Weißgebäck für vier Wochen gehabt. Nach den Kämpfen bis zum Ende des Monats hat jeder Bäcker in Wien Brot verkauft, was er von seinen Mehlvorräten abgeben konnte oder wollte. Vor den Brotläden stellte man sich schon im Morgengrauen an, aber nicht jeder erhielt seine Brotgebühr. Im Durchschnitt bekam man pro Kopf bis zum 20. April täglich 0,25 kg Brot, vom 20. April bis Ende Mai 0,50 kg bis 1 kg für die Woche! Der erste amtliche Brotaufruf erfolgte am 18. April... Es sei ausdrücklich festgehalten: Brot war das einzige Nahrungsmittel, das überhaupt abgegeben wurde. Jeder litt Hunger; eine Schnitte Brot war ein nobles Geschenk. Ich erinnere mich, wenn ich nach Hause kam, wurde mir jeden Tag erzählt, vor unserem Wohnhaus seien ein oder zwei Passanten vor Hunger zusammengebrochen...

Sieben Jahre hatte es nicht Österreich geheißen, sondern Ostmark. Schwere Jahre. Jahre der Verfolgung politisch und rassisch Mißliebiger, Terror und Mord. Krieg. 1945 dann ein von den Alliierten befreites Österreich, ein von den Truppen der Roten Armee erobertes, ein vielfach zerstörtes, zerbombtes Wien, besetzt von vier Mächten, der Sowjetunion, den USA, Großbritannien und Frankreich. Ein Wien aber auch, das wieder Hauptstadt war, Sitz einer österreichischen Regierung, die in Gemeinsamkeit mit der Bevölkerung des Landes daranging, sich die volle Freiheit und Souveränität zurückzuerobern. Am 27. April 1945 gab Dr. Karl Renner, der nachmalige erste Bundespräsident, als Staatskanzler der Zweiten Republik die Unabhängigkeitserklärung bekannt. Einen Tag später folgte seine Regierungserklärung.

REGIERUNGSERKLÄRUNG VOM 28. APRIL 1945

Männer und Frauen von Österreich!
In den Tagen größter Bedrängnis durch Krieg und Kriegsfolgen richten wir an Euch alle unser Wort!
Rafft Euch auf! Wirkt zusammen zu unser aller Befreiung! Helft mit, das vormalige, unabhängige Gemeinwesen der Republik Österreich wieder aufzurichten!
Nur im Rahmen eines geeinigten Staates und mit Hilfe einer geordneten Staatsregierung ist Rettung möglich. Der einzelne Staatsbürger wie die vereinzelte Gemeinde kann nicht Schutz und Rettung bringen: Ohne Wiederaufbau Eures Staates gibt es kein Heil für Euch, für Eure Familien, für Euer Heim, für Eure Arbeits- und Betriebsstätten.
Die Nazifaschisten haben zuerst alle staatlichen Behörden und Ämter mit ihren stellenhungrigen Parteigenossen besetzt, haben jetzt, in der Stunde der Not, ihre Posten feige im Stiche gelassen und Land und Volk dem Chaos preisgegeben. Die Stunde ist gekommen, wo Ihr selbst alle Eure öffentlichen Einrichtungen auf demokratischem Wege wiederaufbauen müßt, Eure Gemeinden, Eure autonomen Bezirks- und Landesverwaltungen und Euren gemeinsamen Staat!
Viele Gemeinden, unter ihnen vor allem die Stadt Wien, haben mit diesem Werke bereits begonnen.
Nunmehr haben sich ausnahmslos alle antifaschistischen Parteirichtungen, die Sozialdemokraten, die Sozialrevolutionäre, die Christlichsozialen, die Kommunistische Partei, der antifaschistische Teil des Landbundes, damit alle Klassen und Berufsstände, Arbeiter, Bauern und Bürger, zusammengefunden, um eine Provisorische Staatsregierung einzusetzen. Diese hat sich konstituiert und fordert nun von Euch allen, von jedem einzelnen, von Euren Gemeinden und Bezirken, von Euren sämtlichen öffentlichen Anstalten und Einrichtungen *verständnisvolle Mitarbeit und treue Folgeleistung.* Vergeßt nicht, daß diese ersten Schritte nur dadurch ermöglicht worden sind, daß die Rote Armee große Teile unseres Staatsgebietes vom Druck der Hitler-Armee erlöst hat. Unsere Hauptstadt Wien sowie beträchtliche Teile von Niederösterreich und Steiermark sind zu dieser Stunde von direkten Kriegsmaßnahmen frei und Herren ihrer selbst. Auf diesem Freiland ist es möglich geworden, eine Regierung zu bilden, die vorerst für das ganze Österreich handelt, nach Maßgabe der fortschreitenden Befriedung des Landes aus den hinzukommenden Gebieten Ergänzung oder Ersatz finden soll.
Die Gesamtregierung ist aus Vertretern aller antifaschistischen Parteien zusammengesetzt, und auch jedes Staatsamt wird, wenn es auch unter Führung des Staatssekretärs einer Richtung

steht, von Unterstaatssekretären der anderen Richtung mitverwaltet — Parteilichkeit, Einseitigkeit und Willkür in der Verwaltung sind damit ausgeschlossen. Ihr könnt Euch darum ohne Vorbehalt und ohne Besorgnis der neuen Staatsleitung anvertrauen.
Tatkraft und Strenge müssen in der heutigen Lage unseres Landes herrschen, dabei aber ist durch die Zusammensetzung der Staatsregierung Unparteilichkeit und Gerechtigkeit verbürgt!
Nur jene, welche aus Verachtung der Demokratie und der demokratischen Freiheiten ein Regime der Gewalttätigkeit, des Spitzeltums, der Verfolgung und Unterdrückung über unserem Volke aufgerichtet und erhalten, welche das Land in diesen abenteuerlichen Krieg gestürzt und es der Verwüstung preisgegeben haben und noch weiter preisgeben wollen, sollen auf keine Milde rechnen können. *Sie werden nach demselben Ausnahmsrecht behandelt werden, das sie selbst den anderen aufgezwungen haben und jetzt auch für sich selbst für gut befinden sollen.*
Jene freilich, die nur aus Willensschwäche, infolge ihrer wirtschaftlichen Lage, aus zwingenden öffentlichen Rücksichten wider innere Überzeugung und ohne an den Verbrechen der Faschisten teilzuhaben, mitgegangen sind, sollen in die Gemeinschaft des Volkes zurückkehren und haben somit nichts zu befürchten.
Ihr alle aber, die Ihr Vaterland und Freiheit liebt, nehmt teil an dem Wiederaufbau der Republik Österreich!
Keine der drei beteiligten Weltmächte will anderes oder mehr als die Selbständigkeit und Unabhängigkeit Österreichs, als die Befreiung von der Hitler-Tyrannei von außen und von dem Terror des Faschismus im Inneren. Keine will irgendeine Gebietsabtretung, keine einen Eingriff in die überlieferte innere staatsbürgerliche und wirtschaftliche Ordnung. Österreich soll sich innerhalb seiner Grenzen frei selbst regieren und selbst verwalten...
Österreicher!
Dies die Aufträge, die Eure Provisorische Regierung übernommen hat und durchführen will!
Verzagt nicht! Fasset wieder Mut! Schließt Euch zusammen zur Wiederaufrichtung Eures freien Gemeinwesens und zum Wiederaufbau Eurer Wirtschaft! Vertagt allen Streit der Weltanschauungen, bis das große Werk gelungen ist! Und folgt in diesem Geiste willig Eurer Regierung!
Es lebe das österreichische Volk, es lebe die Republik Österreich!
Unterzeichnet vom Staatskanzler Österreichs Dr. Karl Renner und den Mitgliedern der Regierung.

Die große Stunde der Zweiten Republik, da sich erfüllte, was so viele nicht für möglich, so viele bezweifelt hatten, jene Stunde, da dem neuerstandenen und neu wiederaufgebauten Staat die volle Souveränität zugestanden wurde, hat Ernst Lothar, der Romancier Österreichs, in ihrer ganzen historischen und zukunftsweisenden Bedeutung miterlebt. Das Buch, in dem er sie aufgezeichnet hat, nennt sich „Das Wunder des Überlebens".

Ernst Lothar DAS WUNDER DES ÜBERLEBENS

Mit antiösterreichischen Demonstrationen in meiner Geburtsstadt Brünn hatte meine Existenz begonnen, die Zerreißung Österreichs war ihre Jugend, Österreichs Vergewaltigung und Schädigung die Mitte, Zorn und Qual durch Österreich, Hoffnung auf Österreich und Sehnsucht nach Österreich waren die Emigration, Wiederkehr nach Österreich das Alter gewesen. Alles andere blieb Beiwerk. Beruf, vielleicht sogar Berufung, Abenteuer, Erfolg, versäumte und genützte Möglichkeiten, Enttäuschung, Wirken in Werken — alles Beiwerk. Auf Österreich gründete es sich oder stürzte, auf ein einziges Land, ob besser, ob schlechter als andere, blieb gleichgültig. So einfach wird alles, wenn man zurückschaut.
Daher befand ich mich an jenem 15. Mai 1955 im Belvedere unter den Zahllosen, die zu Prinz Eugens Schloß emporschauten. Wieder hatte ich meinen österreichischen Paß in der Tasche, um mich, erforderlichenfalls, vor mir selbst zu legitimieren. Daß es zu diesem Tag kommen würde, dem zehn Jahre vergeblichen, verbissenen politischen Feilschens vorangingen, gehörte zu den Wundern, an die ich glaube.
Dort standen sie, auf dem Balkon des Schlosses, von dem der Ermöglicher Österreichs, Prinz Eugen von Savoyen, seine Menagerie exotischer Tiere überschaut hatte, die er von Freunden und besiegten Feinden zum Geschenk erhielt: von dem bei Zenta, Peterwardein und Belgrad geschlagenen Sultan einen Käfig voll Affen, von seinem ehemaligen König Ludwig XIV. von Frankreich, dem er den Dienst aufgesagt hatte, um von Leopold, Kaiser des Römischen Reichs deutscher Nation aus dem Hause Österreich, ein Generalskommando zu empfangen, einen afrikanischen Löwen. Auch jetzt standen Fremdlinge dort, wie er einer gewesen war, als er, ein halber Knabe, nach Österreich kam und ihm zuerst die Armee und dann die Doppelmonarchie schuf, dort standen sie, John Foster Dulles aus Amerika, Harold Macmillan aus Großbritannien, Wjatscheslaw Michailowitsch Skrjabin, genannt Molotow, aus Rußland, Antoine Pinay aus Frankreich, und erklärten Österreich frei.
Das Wunder war geschehen, ohne daß es jemand dafür hielt.
Und das Wunder würde geschehen, aus dem eigenen geschlagenen, zerschlagenen Land, dem mein Vorgesetzter, der Oberst Ladue, keine Zukunft prophezeit hatte, ein blühendes, üppiges, fast allzu üppiges zu machen — wem es damals und wem es später zu verdanken war, steht dahin, denn alle Beteiligten schreiben es sich zu, nicht am wenigsten — mein ex-amerikanischer Sinn regt sich —, Amerika mit seiner Marshall-Plan-Hilfe.
Eine halbe Autostunde von dem unterjochten Ungarn, eine und eine halbe von der unterworfenen Tschechoslowakei, fünf von dem bis heute nicht befreiten Deutschland, war ein freier neutraler Staat entstanden, er hieß wieder, wie es ihm seit 1029 Jahren gebührte, Österreich, nachdem er die Ungebühr, eine Hitlerprovinz zu sein, und das Besiegtenschicksal, in eine amerikanische, britische, französische und russische Zone zu zerfallen, abgeschüttelt hatte. Am Ursprungsort seiner großen Vergangenheit empfing er die Garantie seiner

Zukunft, die er selbst zu bestimmen haben würde, wie es Ranke von den Schweizern rühmte, „frei unter Freien, mannhaft unter Männern, menschlich unter Menschen“, oder wie Grillparzer, der seine Landsleute kannte, ihnen strenger empfahl: „Mit Mut und Demut.“
Ich hatte das große Land klein werden und verschwinden gesehen, beides war mein unvergeßlicher Schmerz. Jetzt sah ich das verschwundene wiedererstehen. Es war das reinste Glück meines Lebens.
Als ich dort stand, wichen die Wichtigkeiten oder was ich dafür gehalten hatte, zu ihrer Nichtigkeit zurück. Hatte ich den einen etwa vorzuwerfen, anderen gram zu sein? Wer hatte mir unrecht, recht und mehr als recht getan? In die Winde verflog es, die von den trotz aufziehenden Regenwolken sichtbaren, grünenden, sacht sich erhebenden Bergen herabwehten, vom Kahlenberg, vom Leopoldsberg, hinter die 1683, als alles verloren schien, der neunzehnjährige Fremdling Prinz Eugen mit seinem dreizehnten Dragonerregiment die Türken zurückschlug.
Abermals geschah das Wunder des Überlebens. Allenthalben hatte es sich ereignet, wo das Zerstörte aufstand und Gestalt gewann.
So stand denn das Haus Österreich wieder da, dem eines meiner Bücher gegolten, und von dem ich in einer Nachschrift, die zu wiederholen mir erlaubt sei, 1945 gesagt hatte:
„Dort wohnten die langlebigen, korrekten Buchhalter österreichischer Tradition, die Kaiser wurden, und die unsterblichen Schriftführer österreichischer Rebellion, die es zum Range Grillparzers brachten. Sie wohnten, sie wohnen in einem widerspruchsvollen, zwielichtigen, verwinkelten, unsinnig-sinnlichen, herrlich schönen, gefährlichen, im Zentrum stehenden, tief unterkellerten, dämonischen Haus, welches das Haus Österreich ist. Es steht auf den ewigen Grundlagen der Menschennatur, wo sie am erden- und himmelnächsten ist. Deshalb wird es aus Ruinen sich phönixhaft erheben. Deshalb wird es, geschützt oder preisgegeben, ewig stehen.“

Am 22. Oktober 1955 begingen die Wiener auf dem Rathausplatz die Feier ihrer Befreiung. Franz Jonas, damals noch Bürgermeister, fand dabei Worte, die der Menschenmenge am Platz nicht nur aus dem Herzen gesprochen waren, sondern ihr auch Dank aussprachen: Ohne die Mithilfe aller hätte dieses Ziel, das neue Österreich, nicht verwirklicht werden können.

BEFREIUNGSFEIER AUF DEM WIENER RATHAUSPLATZ

Liebe Wienerinnen und Wiener! Sehnsüchtig haben wir auf diesen Tag gewartet, der uns endgültig die Freiheit bringt. Immer wieder haben wir es gesagt: Erst bis auch der letzte fremde Soldat unser Land verlassen hat, bis der Österreichische Staatsvertrag voll in Kraft getreten ist, dann erst können wir wirklich von einem freien Österreich sprechen — und jetzt ist es endlich soweit! Aber an diesem Tag der Freude wollen wir vorerst aller jener gedenken, die mit unbeugsamem Willen und aufrechter Haltung die Härten der Besetzung ertragen haben. Die arbeitende Bevölkerung Österreichs war es, die die Lasten der Besetzung am härtesten spürte, und in den stürmischen Oktobertagen 1950 hat es sich gezeigt, daß diese Bevölkerung nicht bereit war, fremden Einflüsterungen nachzugeben. Ungeachtet aller Anfechtungen hielt sie fest an dem Ideal eines ungeteilten, freien und unabhängigen Österreich, das in freundschaftlicher Zusammenarbeit mit allen Staaten jene Beziehungen wieder aufnehmen und zum gemeinsamen Vorteil wieder festigen will, die durch Kriegs- und Nachkriegszeit oft schwer beeinträchtigt wurden.

Liebe Wienerinnen und Wiener! Ich freue mich, Ihnen allen den Dank Ihrer Heimatstadt dafür auszusprechen, daß Sie alle in diesen schweren zehn Jahren, trotz ärgster Not und Bedrückung, nie in Resignation oder Verzweiflung verfallen sind, daß Sie trotz Mangel und Entbehrung nicht nachgelassen haben in Ihrer Arbeit zum Wohle unserer Stadt.

Wir dürfen mit berechtigtem Stolz auf unsere Leistungen in diesen harten Jahren zurückblicken. Fast Unmögliches wurde von uns allen verlangt: Eine Stadt vor dem völligen Untergang zu retten, der die wichtigsten Voraussetzungen eines modernen Gemeinwesens fehlten. Diese Stadt ohne Wasser, ohne Strom und Gas, ohne Transportmittel, ohne Lebensmittelversorgung, tödlich verwundet von der Furie des Krieges, wollten und durften wir nicht dem völligen Untergang preisgeben. Ungenannt sind die vielen selbstlosen Helfer, die Wien aus Schutt und Trümmern wieder erstehen ließen durch ihre schonungslose, aufopfernde Arbeit unter härtesten Bedingungen, die arbeiteten, um zu retten, was noch zu retten war in dem Chaos, das der Krieg uns hinterließ. Wir wollen heute nochmals Dank sagen für die Hilfe, die uns damals, als die Not am größten war, von unseren Freunden im Ausland zuteil wurde, die uns halfen, damit wir uns dann selbst helfen konnten, um wieder Fuß zu fassen und aufwärts zu streben. Und wenn wir heute Umschau halten in Wien, dann sehen wir, wie sehr sich das leidgeprüfte Antlitz unserer Heimatstadt verändert hat, die Wunden sind vernarbt, jeden Tag wird etwas Neues geschaffen und Bewährtes, Traditionsgebundenes wiederhergestellt.

Wir haben uns unsere Freiheit schwer und ehrlich erarbeitet und uns selbst den würdigen Rahmen für dieses Fest geschaffen. Und so wollen wir heute an diesem Festtag feierlich versprechen, daß unsere endgültige Befreiung ein Ansporn dazu sein wird, unsere nun frei wirksamen Kräfte noch mehr als bisher einzusetzen, um der Welt zu zeigen, was für ein Unding es

war, unsere Stadt zehn Jahre zum Exerzierplatz des Kalten Krieges zu machen, uns zehn Jahre lang in demütigender Weise zu bevormunden. Unsere künftigen Leistungen sollen es allen klar vor Augen führen, daß nur der Großes vollbringen kann, der als freier Mensch für sein freies Vaterland sein Bestes geben darf.
In diesem Sinne bitte ich Sie, liebe Wienerinnen und Wiener, feiern Sie das Fest der Freiheit als den Quell der Kraft für die großen Aufgaben, die noch vor uns liegen! Gemeinsam wollen wir dann das Schicksal unserer Stadt durch unsere höchste Anstrengung zum Guten wenden, gemeinsam wollen wir alles Trennende zurückstellen, und gemeinsam wollen wir das Glück der vollen Freiheit in schöpferischer Arbeit genießen!
Wienerinnen und Wiener! Freut Euch der Freiheit!

NATIONALFEIERTAG

Am 25. Oktober 1965 beschloß der Nationalrat, daß eingedenk der Tatsache, daß Österreich am 26. Oktober 1955 in einem Verfassungsgesetz seinen Willen erklärt hat, für alle Zukunft und unter allen Umständen seine Unabhängigkeit zu wahren und sie mit allen zu Gebote stehenden Mitteln zu verteidigen, und seine immerwährende Neutralität festgelegt hat, der 26. Oktober der österreichische Nationalfeiertag ist. Das Gesetz besagt, daß der österreichische Nationalfeiertag im ganzen Bundesland festlich begangen wird; es trat bereits am 26. Oktober 1965 in Kraft. — Das Datum ist auch der Tag, an dem laut Staatsvertrag der letzte Besatzungssoldat Österreich zu verlassen hatte.

Ernst Schönwiese

MEDITATION AUF DEM KAHLENBERG

Hast du das Land vom Kahlenberg dir rings besehn:
Österreich — Ostmark — Austria — Österreich,
es ist ein gutes Land, wohl wert, daß einer sein sich unterwinde:
Anhaltelager Wöllersdorf, Ein Volk — ein Reich — ein Führer,
KZ Mauthausen,
wo habt ihr dessengleichen schon gesehn?
Schaut ringsumher, wohin der Blick sich wendet,
standen einst Bombenruinen neben Bombenruinen.
Und jetzt: der Donauturm, Floridsdorfer Neustadt,
die vielen Hochhäuser —
und doch noch immer zu wenige Wohnungen...
So wirst du, was ich bin, verstehn.
Verstehn?
Nußdorf und Beethovenweg,
Heiligenstadt und ein Testament,
ist das alles wirklich gewesen?
Kein Silberband und keine blaue Donau,
sondern nur eine schmutzig braune.
Das goldene Wienerherz
und der braune Schmutz von damals,
ist das alles wirklich gewesen? — Gewesen?
Der Österreicher trägt sein Fehl,
beneidet nicht, läßt lieber sich beneiden.
Selbst die Russen sind in Wien schlampig geworden!
Da tritt der Österreicher hin vor jeden
und denkt sich sein Teil.
Inmitten dem Kinde Italien —
wie sagte Mussolini?
„Ich kann nicht jedes Jahr wegen Österreich mobilisieren!" —
und dem Manne Deutschland
liegst du.
Aber neben mir steht die Frau dieses Mannes und sagt gerade:
„Wien is' 'n Dorf! Einfach 'n Dorf!" —
Nein, sie werden dich niemals verstehn.
Lieber ein Dorf als eine geteilte Stadt!
Verstehst du denn selbst dich?
Man kann diese Stadt nicht verstehn,
man kann sie nur lieben.
Bleibe, mein Wien,
bleibe für jene ein Dorf für immer.
Und mache gut, was andere verdarben!

Kärntner Straße, Englische Woche

Kaiser-Franz-Joseph-Denkmal, Burggarten

Staatspräsident Josip Broz Tito mit Gattin Jovanka im Präsidententrakt der Wiener Hofburg

Ministerpräsident und Parteichef Nikita Chruschtschow mit Bundespräsident Dr. Adolf Schärf

Königin Ingrid von Dänemark mit dem ehemaligen Leiter der Spanischen Hofreitschule, Oberst Alois Podhajsky, in den Stallungen

Präsident John F. Kennedy mit Gattin Jacqueline vor der Stephanskirche

Der französische Präsident Georges Pompidou im Erzbischöflichen Palais

Jesuitengeneral Pedro de Arupe in Kalksburg

Türkischer Gastarbeiter

Ostflüchtlinge.

Vorhergehende Seite: Auffanglager für politische Flüchtlinge

Demonstrationen

KEWYCZ-
TER
END!
mitten
kroten
Hochs

Bundespräsident Franz Jonas im Rathaus anläßlich seines 70. Geburtstages

Wiens Bürgermeister Felix Slavik

Schönbrunn

Staatsbegräbnis auf dem Heldenplatz

Wohnhaus von Otto Wagner, Linke Wienzeile

Kindheit und Feste

Die Vergangenheit zu kennen, vertieft das Verständnis für die Gegenwart. Die Bilder dieses Bandes zeigen und widerspiegeln das Heute. Wie sehr aber dieses Heute, diese unmittelbare Gegenwart, die wir leben und erleben, Tradition hat, belegen die Texte. Die Spiele der Kinder, die Feste der Erwachsenen, der Ablauf des Jahres mit den Höhepunkten religiöser und staatlicher Feiertage, Vätererbe, all dies mag sich gewandelt haben und verformt, in den Freuden aber, die sie geben, sind sie sich gleichgeblieben.
Stadtrandgebiete, diese Paradiese der Kindheit, werden lebendig in der Rückschau des größten und bedeutendsten Wiener Arbeiterdichters, Alfons Petzold; glückhaftes Erinnern eines Mannes, dessen Weg alles andere denn leicht war und der seine Autobiographie „Das rauhe Leben" genannt hat. Die Unwiederbringlichkeit dieser paradiesischen Welt, auch in den wenigen Verszeilen Berthold Viertels klingt sie an; er, der als Regisseur Theatergeschichte gemacht hat, auch in Hollywood Erfolg hatte, er denkt, wenn er sich an seine Kindheit erinnert, an Gugelhupf; wahrlich bescheidene Köstlichkeit wohl seltener festlicher Tage. Wer denkt heute noch daran, daß der Weltfeiertag der Arbeiter, der 1. Mai, eine noch gar nicht so lange Geschichte hat? 1890 fand in Wien der erste Mai-Umzug statt. Keiner könnte berufener sein, diese Demonstration einer sich einigenden Arbeiterschaft zu schildern, als der feinsinnige Essayist und Volksbildner Franz Taucher. Der Christkindlmarkt hat da eine bedeutend ältere Geschichte, um 1600 herum schon ist er bezeugt, und heute noch ist er ein großer Anziehungspunkt in der Vorweihnachtszeit, ein Volks- und ein Verkaufsfest allerdings nun mit manchen bedenklichen Anzeichen unserer Konsumgesellschaft. Richard Schaukal, heute kaum noch gelesen, kaum noch gekannt — sicherlich zu Unrecht —, gibt eine Impression des Christkindlmarktes, wie er sein sollte und wie er wohl nur in der Erinnerung sein kann. Erwachsenenerlebnisse im Volksgarten schildert Joseph Roth, der Erzähler Altösterreichs, ja sein Biograph; selten wurde die Musikalität der Stadt und seine berühmten Gärten und Parks schöner eingefangen. Josef Weinheber läßt die Kirtagseligkeit des Kalvarienbergs lebendig werden.

Alfons Petzold FREUDEN AUF DER SCHMELZ

Auf die Vorstellungen des Vaters hin erlaubte mir nun die Mutter das Spielen mit anderen Kindern auf den ausgedehnten Feldern, welche dem jetzt schon fast verbauten Schmelzer Exerzierplatz vorlagerten. O welch zahlreiche Freuden sind aus diesem Grasboden in meine Adern geströmt! Welch unerhörte Beglückung erfüllte hier manchmal mein kleines Bubenherz! Was geschah nicht alles auf dieser für das Kinderherz so unendlichen Heide, die an den Türschwellen der Häuserzeile begann, in der wir wohnten, und wie eine Meeresfläche gegen die fernen Wiener-Wald-Berge anwogte; mit Baumgruppen und phantastischem Schanzwerk als Inseln, durchzogen von geheimnisvollen Gräben, in denen seltsames Unkraut wucherte und in üppiger Fülle Eidechsen, Kröten, Frösche, weiter draußen sogar Feldmäuse und Wildhasen hausten. Diese Heide war für uns Kinder die unermeßliche Prärie, die gelbe Wüste Afrikas, der Tummelplatz asiatischer Völker und, wenn der Regen über sie hinspülte, die Gefahren aller Art gebärende See. Auf ihrer Einsamkeit gründeten wir die Republik der Kindheit, dichteten wir im Spiel die Cooper- und Hoffmannschen Wild-West-Geschichten in gläubigst hingenommene Wirklichkeit um. Alle Gestalten unserer Märchen bevölkerten ihre Erdhügel, Bäume und Gräben. Zelte erstanden auf ihrem Boden und verbargen abenteuerlüsterne Buben, die würdevoll als rote oder germanische Helden Kartoffelkraut oder getrockneten Huflattich rauchten.
Das Krongut der unseren Schuljahren gehörigen Ländereien war aber und blieb der Schmelzer Friedhof. Er bildete mit seiner Dschungelvegetation das Dorado aller abenteuersüchtigen und vom Jagdfieber befallenen Knaben der umliegenden Vororte. Da gab es Eidechsen, Blindschleichen, Ringelnattern, verwilderte Kaninchen, viele Arten von Schmetterlingen und Käfern, manchmal eine pfeifende Ratte und dann den Jaguar dieser Wildnis, eine fauchende, verwilderte Katze; zermorschte, halb umgestürzte Grabkreuze, verwitterte Monumente ragten phantastisch aus der Schlingpflanzenwirrnis. Da und dort bildete das wuchernde Laub interessante Höhlen, die im Verein mit leeren Grüften prächtige Verstecke für verfolgte Räuber- oder Indianerhäuptlinge abgaben. Und rätselhafte, von der Zeit halb verwischte Inschriften ließen die junge Seele seltsame, fremde Schicksale ahnen. Größe, in Staub zerfallen, Dürftigkeit, in unirdische Erhabenheit verwandelt, brachten hier die Poesie des Vergänglichen in meinem aufschauernden Kinderherzen oft zum Ertönen. Das wilde, überaus üppige Wachsen und Blühen aus dem Boden der Gräber predigte dagegen dem sinnenden Knaben mehr Ewigkeit, als es die aufgeputzten Worte des Religionslehrers vermochten. Und in alle diese von vielen Märchen gesättigte grüne Einsamkeit rauschte über eine fliederumbuschte Ziegelmauer der Lärm rastlosen Großstadttreibens, der die harte, aufdringliche Trommelmelodie des nüchternen Daseins in die Träume des Buben warf.
Abgesehen von diesen geschilderten Paradiesen gaben damals auch die Vorstädte Wiens den Kindern viel anmutigere Bilder als heute. Die schrecklichen Zinskasernen mit ihren quadratförmigen, lichtlosen Höfen, mit ihrer empörenden Kinderfeindlichkeit waren noch in der Minderzahl. Überall blinzelten noch die gemütlichen, einstockhohen Häuschen in ihrer einfachen Bauart mit dem grünen Gehege der Gärten oder Baumreihen in die lieben, stillen Gassen hinein und auf die spielende Jugend, deren Gesundheit und Leben noch durch keine Automobile und elektrische Bahnen gefährdet wurde. Die ungepflasterten Straßen gaben herrlichen Spielboden ab; wie graziös und unermüdlich tanzten über ihn die Kreisel, wie schön war auf ihm das „Tempelhupfen“ und „Himmel-und-Hölle-Spielen“! Und welches Vergnügen war es erst, die

Sandsteinkugeln beim „Einipaschen" und „Anmäuerln" über seine festgestampfte Fläche gleiten zu lassen. In den geräumigen, mit Bäumen bewachsenen Höfen gab es nachmittags schöne Musik. Drehorgeln spielten um die Wette mit Dudelsackpfeifern, die zu unserer maßlosen Verwunderung mit jedem ihrer Gliedmaßen ein anderes Instrument bearbeiteten. Die Komik böhmischer Wandermusikanten wechselte ab mit der abenteuerlichen Interessantheit einer Zigeunerkapelle; in dem einen Hofe zeigte ein Erdakrobat seine erstaunlichen Künste, indes vor den Fensterbogen des Nachbarhauses ein savoyardischer Schwarzkopf seinen Affen die possierlichsten Dressurkünste machen ließ. Und überall waren wir Kinder noch gern gelittene Gäste.

Berthold Viertel

HEIMWEH

O wäre in der Kindheit noch ein Unterschlupf
Mit Fieber, Märchenbuch und Guglhupf!
Doch nicht im Tod, gewiß auch nicht im Leben
Wird es noch einmal unsere Kindheit geben.

Franz Taucher

DER ERSTE MAI

Das ist nun lange her, es ist eine kaum ausdenkbare Zeit, in der ich zum ersten Male diesen Tag aus der fahlen Tiefe des entweichenden April bewußt erwartet hatte. Mein Vater pflegte uns an diesem Tage sehr früh zu wecken. Jedesmal war er schon fertig angezogen, wenn er zu uns in das noch dämmerige Zimmer kam, und jedesmal trug er das Gewand, das er sich als junger Monteur für die 1.-Mai-Feier, an der er noch vor der Jahrhundertwende teilnahm, gekauft hatte: die schwarze Hose aus schwerem Tuch und den braunschimmernden Rock aus Schnürlsamt. Und wenn ich aus dem Schlaf aufschaute und ihn so sah, wußte ich, daß der schwarze, breitkrempige Hut schon aus dem Kasten geholt war und am Haken an der Küchentür griffbereit hing. Wie immer waren wir am vorhergehenden Abend spät ins Bett gekommen. Wir hatten den Fackelzug gesehen und waren, mit den flammenden Lichtern im Gedächtnis, ganz so in den dunklen Schlaf eingetaucht wie die lodernden Fackeln und der sie begleitende Gesang in das Dunkel der Nacht. Dennoch sprangen wir anders als sonst aus den Betten, voller Erwartung beugten wir uns aus dem Fenster und sahen in die graue Frühe, aus der in ständig zunehmender Tiefe ein festlicher Morgen blaute.
Aus der Ferne war schon Musik zu hören. Bevor wir noch Zeit fanden, uns zu waschen und zu frühstücken, wurde die Kapelle auch unseren Augen sichtbar. Aus der Allee, wo das Gasthaus des Konsumvereines lag, bog sie in unsere Straße ein. Die Hörner schmetterten, die Flöten trillerten, und dunkel tremolierten die Bässe. Mein Vater war inzwischen an das Fenster des anderen Zimmers getreten. Er hatte den breitkrempigen Hut aufgesetzt, und so wartete er, bis die

Kapelle herankam. An der Spitze gingen Herr Siebenrock und Herr Pototschnik. Sie waren so gekleidet wie mein Vater und stützten sich beim Gehen auf einen derben Stock. Mein Vater stand nun kerzengerade am Fenster und nahm den Hut ab. Herr Siebenrock und Herr Pototschnik hoben, als sie ihn dort stehen sahen, die Stöcke wie einen Degen und grüßten herauf. Und erst als die Kapelle vorbeigeschritten war und die Musik wie ein klingendes Band aus der Ferne noch einmal zu uns heraufwehte, setzte mein Vater den Hut wieder auf und ging langsam durch das Zimmer und die Küche aus der Wohnung zum Rathauspark, wo sich der Festzug formierte.

Dort herrschte schon reges Leben. Von allen Seiten strömten die Bewohner unseres Ortes zusammen. Durch die grünen Anlagen gingen sie zur Rundung des Platzes, wo sich inzwischen die Musikkapelle aufgestellt hatte. Mädchen in weißen Blusen und dunklen Röcken und Burschen in roten Hemden und kurzen Samthosen verkauften rote Nelken und schimmernde Abzeichen. Allmählich formierten sich die Leute zu einem Zug. Ganz vorn stand ein riesengroßer Mann mit einer roten Fahne in seinen mächtigen Fäusten, in der mit goldenen Buchstaben der Ortsname eingestickt war. Gleich hinter ihm versammelten sich die ältesten Mitglieder der Ortsgruppe, und fast allen schon war das Haar gebleicht. Hinter ihnen kam die Musikkapelle. Dann waren es wir Kinder, die im Stehen noch Lieder sangen. Die Turner, Sänger, Radfahrer und die übrigen Arbeiter und Arbeiterinnen beschlossen den Zug. Und es dauerte immer eine geraume Zeit, bis er sich in Bewegung setzte und den Weg in die Stadt nahm, um sich dort dem großen Festzug anzuschließen, wo er gegen die Züge der anderen Bezirke durch seine Länge besonders auffiel.

Mochte der 1. Mai damals knapp nach der Ausrufung der Ersten Republik, da uns der Vater weckte und wir frohen Gemüts und erwartungsvoll der klingenden Musik entgegenlauschten, uns Kindern nichts weiter bedeuten als ein Fest der unbeschwerten Heiterkeit, so war dieser Tag diesen Männern noch etwas mehr. Ihnen war er zugleich auch ein Tag der andächtigen Feier und der stillen Besinnung auf jene Ideale, von denen sie ein reines und von der harten Wirklichkeit ihres Lebens unbeflecktes Bild im Herzen trugen. Wir genossen diesen Tag, aber sie hatten sich ihn erkämpft, jeder auf seinem Platz. Und da war keiner unter ihnen, der diesen Tag nicht als eine Verheißung genommen hätte und als ein frohes Unterpfand für eine bessere Zukunft, die sie sich selbst und ihren Kindern bereiten wollten. Deshalb versammelten sie sich auch am Nachmittag zu einem Fest, das vorwiegend für Kinder gedacht war. Ihre harten, abgearbeiteten Hände schlossen sich weich um die der Kinder, und mancher Weißbart wiegte sich mit uns im singenden Reigen. Daß sie dabei steif und ungelenk wirkten, machte nichts aus. Dieser Tag erschien ihnen wie die Verwirklichung eines Traumes, den sie schon von früh auf in ihrem Gemüt farbenfroh erlebten. Die Bilder ihrer inneren Schau vermengten sich mit diesem Maitag und wurden zur festen Wirklichkeit, und alles, was sie sich ersehnten, erschien ihnen nun nicht mehr so fern. Und wenn man ihre Gesichter sah, glaubte man dort einen schimmernden Abglanz des heiteren Tages zu schauen.

Das ist nun lange her, und von den älteren Männern, die damals in ihrer schwarzen Hose, in ihrem braunen Samtrock, die Gesichter vom breitkrempigen Hut beschattet, im Festzug mitgegangen sind, ist heute keiner mehr am Leben. Zuerst war es Herr Siebenrock, dem die Männer das letzte Geleit gaben, dann fiel dieser und jener aus der Reihe, und zuletzt war es mein Vater. Und so sei ihnen ein Spruch nachgesagt:

Sie wollten das Gute. Ihr Leben war hart und stand im Schatten der Not. Nun schlossen sie sich zusammen, um diese Schatten zu verjagen und um Licht, Freundlichkeit und Güte in die Welt zu bringen. Wenn sie das Wort Freiheit aussprachen, hatte dieses Wort einen besonderen Klang. Und wenn sie von Demokratie redeten, so meinten sie damit, daß jeder Mensch, auch der geringste, ein natürliches Recht besitze, frei und nach seinen natürlichen Anlagen und Fähigkeiten zu leben. Diese Worte in ihrem Munde waren keine rhetorischen Phrasen, und ihre Ansprüche an die Zukunft nahmen sie aus menschlichen Motiven und aus dem sicheren Instinkt, daß die Wirklichkeit, in der sie lebten, für viele unerträglich sei und verbessert werden müsse. Sie mochten nicht die Gabe besitzen, dasjenige, was sie träumten, mit sicheren und treffenden Worten zu formulieren, aber sie selbst wirkten wie die Verkörperung aller jener Träume, die von den besten Geistern für die Menschheit und ihr Wohl in edlen Bildern des Wortes aufgezeigt worden waren. Daß die Welt nicht immer den Lauf nahm, den ihr diese Männer geben wollten, daß sie vom Guten abfiel und zu Zeiten in Barbarei versank, war nicht ihre Schuld. Sie selbst waren furchtlos, und ihr Glaube, daß die Welt besser gemacht werden müsse, war unzerstörbar und rein. Sie meinten, daß es notwendiger sei, das Menschliche zu üben, als darüber zu reden. Sie wußten wenig von großen Worten, aber ihr Glaube an den Sozialismus war zugleich ein Glaube an die Humanität, an die Freiheit und an die Demokratie. Und nicht zuletzt ist es diesen Männern zu verdanken, diesen einfachen Arbeitern, daß sich die Wirklichkeit für uns wirklich zum Bessern gewendet hat und daß wir heute manches genießen, was sie erst schaffen mußten.

Richard von Schaukal CHRISTKINDLMARKT

Wie warm ist es selbst an den kältesten Tagen im Lichterschein, der von den überdachten Auslagen der bretternen Wunderwelt in Aug und Brust flutet! Etwas Heiliges ist darin, das Rührende, das die vergänglichen und dennoch immer wiederkehrenden Spielsachen und Eßwaren zu diesem Einen, Einmaligen und Ständigen vereinigt. Der Christkindlmarkt, mag Erwerbssinn, Geschäftsgeist, gar Ärgeres, Ärgerliches, Allzumenschlich-Erbärmliches sich hinter dem wohlwollenden Glanze bergen, der Christkindlmarkt ist von dem Frieden überbreitet, der aus den himmlischen Höhen sich zur Weihnachtszeit auf alle Mühseligen und Beladenen herabsenkt, da sie — und wer von uns ist nicht mit Müh und Schmach beladen? — an Kinderhand ins Land der Märchen treten.

Joseph Roth KONZERT IM VOLKSGARTEN

Das Konzert im Volksgarten begann um fünf Uhr nachmittags. Es war Frühling, die Amseln flöteten noch in den Sträuchern und auf den Beeten. Die Militärkapelle saß hinter dem eisernen, an den Spitzen vergoldeten Gitter, das die Terrasse des Restaurants von der Allee des Gartens trennte und also die zahlenden und sitzenden Gäste von den unbemittelten Zuhörern. Unter ihnen befanden sich viele junge Mädchen. Sie waren der Musik hingegeben. Aber die Musik bedeutete an jenen Abenden mehr als Musik, nämlich: eine Stimme der Natur und des Frühlings. Die Blätter überwölbten die schmetternde Wehmut der Trompeten — und ein Wind, der kam und ging, schien für kurze Weilen die ganze Kapelle samt allen Geräuschen auf der Terrasse in entlegene Gebiete zu entführen, aus denen sie mehr geahnt als vernommen wurden. Gleichzeitig hörte man die langsam knirschenden Schritte der Fußgänger in der Allee. Aus ihrem gemächlichen Tempo klang das Behagen wider, das die Musik den Ohren bescherte. Wenn die Instrumente laut wurden, die Trommeln zu wirbeln begannen oder gar die Pauken zu dröhnen, so war es, als rauschten auch die Bäume stärker und als hätten die heftigen Arme des Herrn Kapellmeisters nicht nur den Musikern zu gebieten, sondern auch den Blättern. Wenn aber plötzlich ein Flötensolo den Sturm unterbrach, so klang es in diesem Garten nicht wie die Stimme eines Instruments, sondern wie eine Pause, die singt. Dann fielen auch die Vögel wieder ein — als hätte der Komponist an dieser Stelle Amseln vorgesehen. Der Duft der Kastanien war so stark, daß er selbst die süßesten Melodien überwehte und daß er dem Gesicht entgegenschlug wie ein Bruder des Windes. Und von den vielen jungen Mädchen in der Allee kam ein Glanz, ein Geflüster und besonders ein Lachen, das noch näher war als die Mädchen selbst und vertrauter als sie. Sprach man dann mit einer Fremden, so glaubte man, sie schon gehört zu haben. Und entfernte man sich mit ihr aus dieser Allee in eine andere, eine einsame, so hatte man nicht nur ein Mädchen mitgenommen, sondern auch etwas von der Musik, und man trat in die Stille ein wie in eine jener singenden Pausen.

Es galt nicht für angemessen, draußen am Gitter zu lehnen und die Mädchen merken zu lassen, daß man leider nicht in der Lage war, drinnen einen Kaffee zu trinken. Deshalb ging ich auf und ab in der Allee, verliebte mich, verzweifelte, vergaß, verschmerzte, trauerte nach und verliebte mich wieder — und alles innerhalb einer Minute. Ich hätte gerne stehend zugehört und nichts weiter. Aber hätte mir es selbst die Bekanntschaft mit einem Leutnant gestattet, der oft elegant und klirrend innerhalb des Gitters Butterkipfel aß — ich wäre doch der fernen und unerreichbaren Anmut der Damen erlegen, die leicht und hingeweht an den weißen Gartentischen saßen, eine Art irdischer Frühlingswolken, niemals anzusprechen, weil niemals zu Fuß in den Straßen anzutreffen. In jener Zeit befand sich auf der Terrasse des Restaurants ein Teil der „großen Welt", und das Gitter war die Schranke, die mich von ihr trennte. Und wie mich das kleine Mädchen, das ich küßte, für einen mächtigen Ritter hielt, so sah ich auf den Terrassen der großen Restaurants lauter Damen, für die ich sterben wollte. Das sollte sich später noch ereignen. Aber das große Leben heute schon, auf- und abgehend und unauffällig zu beobachten und so zu tun, als wäre es eigentlich gar nicht verschlossen, war wie ein Vorschuß, den ich mir selbst darauf gegeben hatte.

Gelegentlich erhaschte ich eine graziöse Schleife, die der schwarzlackierte Dirigentenstab mit der silbernen Spitze in der Luft geschlungen hatte. Sie blieb vor meinen Augen, eine ständig wehende Erinnerung. Manchmal, wenn ich zufällig am Ausgang stand, traf mich der verführerische, schnelle und etwas spöttische Blick einer Dame. Sie bestieg, von Herren gefolgt, einen Wagen. Aber auf dem kurzen Weg von der Schwelle des Gartens bis zum Trittbrett des Wagens forderte sie noch von meinem anbetenden Auge die Bestätigung, daß sie schön sei. Ich verliebte mich im Nu — indes der Wagen dahinrollte und das flinke Getrappel der Hufe den Schlag meines Herzens bestimmte. Noch beklagte ich die Verschwundene — und schon erblühte aus der Wehmut die Hoffnung, die Dame würde morgen zur selben Stunde das Restaurant verlassen und ich, ein zufälliger Passant, vorhanden sein, um zu sehen und bemerkt zu werden. Und obwohl ich, von der Musik gerufen, heute noch in die Allee zu vulgären Abenteuern zurückkehrte, war ich bereits gewiß, an der Schwelle eines großartigen Lebens zu stehen, das morgen eröffnet werden sollte.

In der Allee lag schon die Nacht mit einigen Laternen im Laub, und die kleinen Mädchen hörte man nur — man konnte sie kaum sehen. Sie schienen in der Dämmerung zahlreicher. Das Kichern wurde ihre eigentliche Muttersprache. Nun, da man ihre billigen blauen Kleider nicht sah, konnten es die Kleinen mit den Damen innerhalb des Gitters fast aufnehmen. Der öffentliche Teil des Gartens wurde übrigens geschlossen und die Kapelle rüstete zur großen Abendpause. Einer der Musikanten ging von Pult zu Pult und sammelte die Notenblätter ein wie Schulhefte. Das letzte Stück — es war fast immer der Radetzkymarsch — wurde nicht mehr vom Blatt gespielt, sondern vor leeren Pulten. Der Marsch existierte gewissermaßen gar nicht mehr auf dem Papier. Er war sämtlichen Musikanten in Fleisch und Blut übergegangen, sie spielten ihn auswendig, wie man auswendig atmet. Nun erklang dieser Marsch — der die Marseillaise des Konservatismus ist —, und während die Trommler und Trompeter noch auf ihren Plätzen standen, glaubte man die Trommeln und Trompeten schon selbständig marschieren zu sehen, mitgezogen von den Melodien, die ihnen eben entströmten. Ja, der ganze Volksgarten befand sich auf dem Marsch. Man wollte gemächlich schlendern, aber der Trommelwirbel selbst begann die Gelenke zu bewegen. Er hallte noch lange in der Straße nach, und er begleitete den Lärm der abendlichen Stadt wie ein lächelnder und hurtiger Donner.

Josef Weinheber

KALVARIENBERG

Ålt-Wiener Gigerlfutter, Dåtteln, Feign,
Papierschirm, Teddybärn und Kindergeign,
Wurschteln und Puppen, Blechuhrn, Gummibålln,
mit Vornam ausstaffierte Jausenschåln,
vü' Taschelziacher und ka^{n} Detektiv,
der ideale Druckknopf „Nur ein Griff",
Pistolen, Tomahawks und Federhaubn,
ein Durchanand und Wirbel, net zum glaubn,
Kruppzeug von Madeln, dreizehn, vierzehn Jåhr,
verwogne Kappelbuam mit pickte Håår,
Holzteller, Kollöffeln und Schåchtelwerch,
echt brandgemålt: „Gruß vom Kalvariberg",
Bamkraxler, Ratschen, Trummeln, Luftballaun,
a Schreihåls: „Hier die letzte Sensatiaun",
dazwischen Kinderg'wirkst und Kinderglück,
versoffne Tippler, gierig auf an Tschik,
blecherne Saxophon und Zeppelin,
kopfgroße Juxpaketln und nix drin,
kandierte Äpfeln, Zelteln, Kokosnüß,
Wurstzeug aus Marzipan, mit Fliagnschiss',
„Das Wunder-Ei, zehn Groschen nur ein Stück",
und wieder Kinderg'raunz und Kinderglück,
der erste schöne wårme Tåg im März,
dazua das guade, ålte Wienerherz,
wås in sein Leichtsinn, in sein Übermuat
auf sein Art fåsten und in sich gehn tuat,
von Åschermittwoch bis Kårsamståg nei^{n} —
So wårs, so is's, und so solls immer sei^{n}.

Oberes Belvedere

1. Mai, Rathaus

Erstkommunion

Ensemble The Combine: „Stomp“

„Arena 70“ im Museum des 20. Jahrhunderts: La Mama Group

Vorhergehende Seiten: Stadthalle; Rolling Stones

Stadthalle, „Hair“

Opernball

oder stehlen.
THEATER
PALAIS
Seeluft
Der Bauer
als Astronaut

Im Museum des 20. Jahrhunderts

Im Vanilla-Club

Museum des 20. Jahrhunderts

Wiener Künstler

Ausstellung Fritz Wotruba

Großer Konzerthaussaal

Großer Musikvereinssaal, Mstislaw Rostropovich

Mit einem Fuß bin ich immer in Wien *(Jean Cocteau)*
Herbert v. Karajan im Gespräch mit Jean Cocteau

Leonard Bernstein dirigiert

Modeschule der Stadt Wien, Hetzendorf

Neubauten am Donaukanal

Grinzing

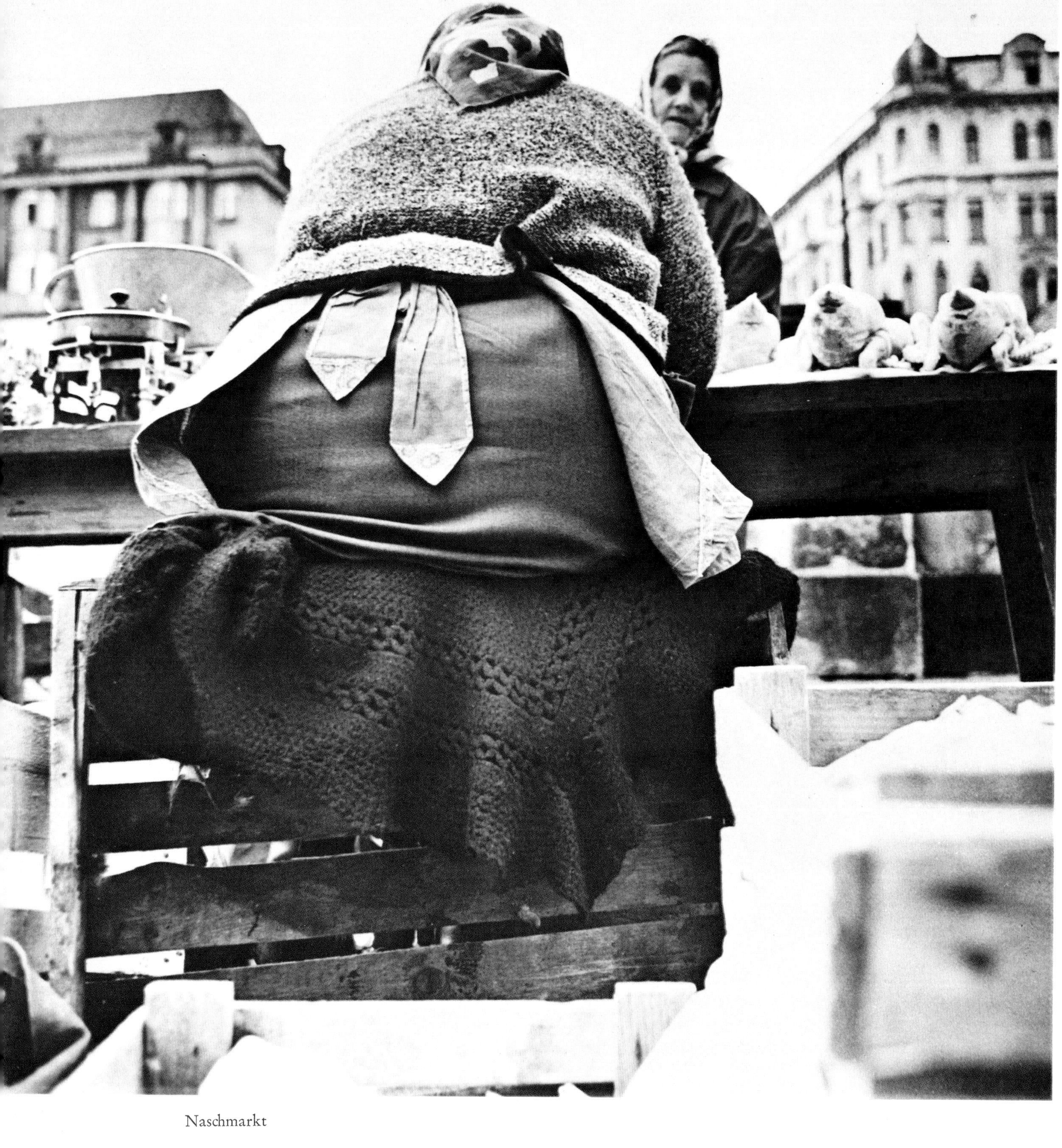

Naschmarkt

FRANZ WEIKHART

Stadtassanierung

Schrebergärten

Stadionbad

Vorgartenstraße, Blick gegen die Donau

Autobahnbrücke Favoriten, Zubringer Ost

Wienfluß, Blick gegen die Zentralsparkasse

Erdberger Mais, Gasometer

Hochhäuser am Kaisermühlendamm

Mexikoplatz
Die österreichische Substanz wird genährt und immer wieder aufgefüllt von den Kronländern.
Joseph Roth

Nordbahnbrücke vom Hubertusdamm

Stadthalle

Weinberge

Donau gegen Osten

Nachwort

Die kritische Fähigkeit, verschiedene Meinungen gegeneinander abzuwägen und sie mit der eigenen zu vergleichen oder sich dann eine eigene zu bilden, ist oberste Bürgertugend in einem demokratischen Staat. Deshalb haben wir uns entschlossen, unseren Jungbürgern diesmal ein Buch in die Hand zu geben, das diese Fähigkeit zum Prinzip seiner Zusammenstellung gemacht hat. Hier soll nicht Gängigem nach dem Mund geredet werden und nicht Gefälligem nach dem Auge geschielt. Verbindlichkeit und Glätte sind genau jene Tendenzen, die aus diesem Buch verbannt sein sollten. Daß weder billiges Lob noch billige Provokation darin zu finden sind, dafür bürgen die Namen der Autoren, die hohe literarische Qualität, der dokumentarische Charakter der Beiträge; dafür bürgen aber auch Auswahl und Themenkreise der Bilder, die repräsentativ für Wien stehen, für einen Querschnitt durch unsere Stadt, vom Randgebiet bis zum Prunk des Zentrums, von der Hütte bis zum Palast, Bilder, in denen sich das Alter wie die Jugend erkennen wird, in denen die harte Arbeit und das frohe Fest ihren Niederschlag gefunden haben. Dieses Jungbürgerbuch will als eine Diskussionsgrundlage verstanden sein: Zur Diskussion steht unsere Stadt, unser Gemeinwesen, das unsere Väter aufgebaut haben und an dem Sie weitere Aufbauarbeit leisten werden. Denn ein Gemeinwesen wie unsere Stadt bedarf als Organismus des ständigen Aufbaues, der immerwährenden Erneuerung, die nichts anderes ist als Erhalten des Bewährten und des Wertvollen und neues Schaffen zugleich.

GERTRUDE FRÖHLICH-SANDNER
VIZEBÜRGERMEISTER DER STADT WIEN

BIOGRAPHISCHE ANGABEN

Rudolf von Alt	(1812—1905), Wiener Landschaftsmaler.
Gottfried Bermann Fischer	(geb. 1897), Verleger, Literat (Autobiographie: „Bedroht — Bewahrt“).
Hermann Broch	(1886—1951), österreichischer Dichter und Kulturphilosoph. Romane („Der Tod des Vergil“), Dramen, Essays.
Franz Theodor Csokor	(1885—1969), bedeutendster Vertreter des expressionistischen Dramas in Österreich („3. November 1918“), auch Lyrik, Novellen, Romane.
Heimito von Doderer	(1896—1966), österreichischer Romanschriftsteller („Die Strudelhofstiege“, „Die Dämonen“).
Engelbert Dollfuß	(1892—1934), österreichischer christlichsozialer Politiker, 1932—1934 Bundeskanzler.
Joseph von Eichendorff	(1788—1857), deutscher Dichter der Romantik. Lieder, Gedichte, Novellen („Aus dem Leben eines Taugenichts“), Dramen.
Erzherzog Franz Ferdinand	(1863—1914), österreichisch-ungarischer Thronfolger. Seine Ermordung in Sarajevo war der äußere Anlaß für den Ausbruch des Ersten Weltkrieges.
Egon Friedell	(1878—1938), Kulturhistoriker, Schriftsteller, Kritiker und Schauspieler. Kabarett-Komödien („Goethe im Examen“).
Friedrich Funder	(1872—1959), katholischer Publizist. Gründer und Herausgeber der Kulturzeitschrift „Die Furche“.
Franz Grillparzer	(1791—1872), österreichischer Dichter der Klassik.
Anastasius Grün	(1806—1876), österreichischer politischer Lyriker („Spaziergänge eines Wiener Poeten“).
Albert Paris Gütersloh	(geb. 1887), Maler und Schriftsteller; geistiger Vater der Wiener Schule des Phantastischen Realismus.
Friedrich Hebbel	(1813—1863), deutscher Dramatiker („Maria Magdalena“, „Gyges und sein Ring“), lebte ab 1845 in Wien.
Oskar Helmer	(1887—1963), österreichischer sozialistischer Politiker; 1945—1959 Innenminister.
Franz Jonas	(geb. 1899), österreichischer sozialistischer Staatsmann, 1951—1965 Bürgermeister von Wien, seit 1965 Bundespräsident.
Hermann Keyserling	(1880—1946), deutscher Schriftsteller und Philosoph („Reisetagebuch eines Philosophen“).
Oskar Kokoschka	(geb. 1886), österreichischer Maler, Zeichner, Graphiker, Bühnenbildner und Dichter.
Theodor Kramer	(1897—1958), österreichischer Lyriker („Die Gaunerzinke“, „Lob der Verzweiflung“).
Karl Kraus	(1874—1936), österreichischer Schriftsteller („Die letzten Tage der Menschheit“), Sprach- und Kulturkritiker, Übersetzer. Herausgeber der Zeitschrift „Die Fackel“.
Ferdinand Kürnberger	(1821—1879), österreichischer Schriftsteller; Feuilletons, realistische Novellen, Romane („Der Amerika-Müde“).

Adolf Loos	(1870—1933), österreichischer Architekt, Schöpfer des modernen Bauens („Loos-Haus“ auf dem Michaelerplatz).
Ernst Lothar	(geb. 1890), österreichischer Schriftsteller und Regisseur. Gedichte, Romane („Der Engel mit der Posaune“), Essays.
Carl Merz	(geb. 1906), österreichischer Schriftsteller, Kabarettautor, Conférencier, Schauspieler. (Gemeinsam mit Helmut Qualtinger: „Blattl vorm Mund“, „Der Herr Karl“.)
Charles de Montesquieu	(1689—1755), französischer Schriftsteller und Staatswissenschafter („Der Geist der Gesetze“).
Alfons Petzold	(1882—1923), österreichischer Arbeiterdichter, Lyriker („Der Dornbusch“), Erzähler („Das rauhe Leben“).
Helmut Qualtinger	(geb. 1928), österreichischer Schauspieler, Kabarettist und Schriftsteller. (Gemeinsam mit Carl Merz: „Blattl vorm Mund“, „Der Herr Karl“.)
Karl Renner	(1870—1950), österreichischer sozialistischer Staatsmann; 1918—1920 Staatskanzler der Ersten Republik, von April bis Dezember 1945 Staatskanzler der Zweiten Republik, von Dezember 1945—1950 Bundespräsident.
Joseph Roth	(1894—1939), österreichischer Schriftsteller („Radetzkymarsch“, „Kapuzinergruft“).
Adolf Schärf	(1890—1965), österreichischer sozialistischer Staatsmann, Mitbegründer der Zweiten Republik. 1957—1965 Bundespräsident.
Richard Schaukal	(1874—1942), österreichischer Lyriker, Erzähler und Essayist („Tage und Träume“, „Kindergedichte“).
Arthur Schnitzler	(1862—1931), Schriftsteller des Wiener Impressionismus, Arzt. Von der Psychoanalyse beeinflußt. Novellen („Leutnant Gustl“, „Fräulein Else“), Dramen („Anatol“, „Liebelei“).
Ernst Schönwiese	(geb. 1905), österreichischer Lyriker („Das unverlorene Paradies“).
Kurt Schuschnigg	(geb. 1897), österreichischer christlichsozialer Politiker. 1934—1938 österreichischer Bundeskanzler.
Adalbert Stifter	(1805—1868), österreichischer Erzähler des Biedermeiers; auch Maler. Erzählungen („Studien“, „Bunte Steine“), Romane („Der Nachsommer“, „Witiko“).
Franz Taucher	(geb. 1909), österreichischer Schriftsteller („Gedichte vom Berg“).
Johannes Urzidil	(1896—1971), österreichischer Dichter und Essayist. Lyrik („Sturz der Verdammten“), Erzählungen („Der Trauermantel“, „Die verlorene Geliebte“).
Berthold Viertel	(1885—1953), österreichischer Schriftsteller, Mitbegründer und Dramaturg der Wiener Volksbühne. Regisseur. Lyrik, Komödien, Romane.
Hans Weigel	(geb. 1908), österreichischer Schriftsteller, Kritiker, Übersetzer („O du mein Österreich“, „Wien für Anfänger“).
Josef Weinheber	(1892—1945), österreichischer Lyriker („Wien wörtlich“, „Kammermusik“).
Stefan Zweig	(1881—1942), österreichischer Schriftsteller, Dramatiker, Lyriker, Essayist („Sternstunden der Menschheit“).

QUELLENVERZEICHNIS

Für einige Beiträge ließen sich keine Autorisationen erreichen, da der Verbleib der Urheberrechte trotz aller Bemühungen nicht zu klären war. Der Verlag übernimmt die Verpflichtung, Autorenansprüche zu erfüllen, falls diese rechtmäßig geltend gemacht werden. Die Rechte bleiben selbstverständlich gewahrt. Orthographie und Interpunktion der einzelnen Beiträge wurden unverändert aus dem Original übernommen. Die kursiv gesetzte Seitenangabe im Quellenverzeichnis bezieht sich auf das vorliegende Werk.

Befreiungsfeier auf dem Wiener Rathausplatz, 22. Oktober 1955. Zitiert nach: Dr. h. c. Franz Jonas. Für Freiheit und Gerechtigkeit. Dokumentation unserer Zeit. Hg. von Dr. Karl Heinz Ritschel, Salzburg o. J. *S. 52*

Gottfried Bermann Fischer, *Wien, Januar—März 1938.* Aus: Bedroht — Bewahrt. S. Fischer Verlag, Frankfurt 1967. *S. 42*

Gordon Brook-Shepherd, *Sarajevo.* In: Um Krone und Reich. Molden Verlag, Wien 1968. *S. 39*

Franz Theodor Csokor, *Ein Brief von mir an mich im Rückblick aus 1938.* Aus: Zeuge einer Zeit. Langen-Müller, München 1946. *S. 41*

Heimito von Doderer, *Österreicher, Der.* Aus: Repertorium. Biederstein Verlag, München 1969. *S. 13*

Friedrich Funder, *Heute noch steigt aus dem Erinnern.* Aus: Als Österreich den Sturm bestand. Herold Verlag, Wien 1959. *S. 42*

Albert Paris Gütersloh, *Heimat, o Heimat.* Aus: Der innere Erdteil. Piper Verlag, München 1966. *S. 13*

Oskar Helmer, *Schattendorf und die Folgen.* Aus: 50 Jahre erlebte Geschichte. Verlag der Wr. Volksbuchhandlung, Wien 1957. *S. 40*

Oskar Kokoschka, *Brief an Frau Vizebürgermeister Gertrude Fröhlich-Sandner.* Nachdruck einer Faksimilewiedergabe in der CD press. vom Oktober 1971. *S. 8*

Theodor Kramer, *Wien 1938 — Wir kommen noch wie sonst zusammen.* Aus: Wien 1938 — Die grünen Kader, Wien 1946. Mit Genehmigung von Herrn Prof. Erwin Chvojka. *S. 45*

Ernst Lothar, *Das Wunder des Überlebens.* Zsolnay Verlag, Wien 1961. *S. 50*

Carl Merz/Helmut Qualtinger, *Und dann is eh der Hitler kommen ...* Aus: Der Herr Karl. Langen-Müller, München 1962. *S. 44*

Nationalfeiertag. Zitiert aus: Österreichlexikon. Hg. von Richard Bamberger und Franz Maier-Bruck. Österreichischer Bundesverlag, Jugend und Volk, Wien 1966. *S. 53*

Alfons Petzold, *Freuden auf der Schmelz.* Aus: Das rauhe Leben. Verlag Das Bergland Buch, Salzburg 1932. *S. 76*

Regierungserklärung vom 28. April 1945. Zitiert nach: Dokumentation zur Zeitgeschichte 1945—1955. Hg. von Josef Kocensky. Jugend und Volk, Wien 1970. *S. 48*

Joseph Roth, *Konzert im Volksgarten.* Aus: Werke in drei Bänden, 3. Band. Verlag Kiepenheuer & Witsch, Köln 1956. *S. 80*

Adolf Schärf, *Wien 1945.* Aus: Österreichs Wiederaufrichtung im Jahre 1945. Wien 1960. *S. 47*

Richard von Schaukal, *Christkindlmarkt.* Aus: Aus Kindheit und Jugend. Langen-Müller Verlag, München 1955. *S. 79*

Ernst Schönwiese, *Meditation auf dem Kahlenberg.* Zitiert nach: Wien im Gedicht. Hg. von Helmut Leiter. Belvedere Verlag Wilhelm Meissel, Wien 1967. *S. 54*

Schuschniggs Abschiedsrede im Rundfunk. Zitiert nach: Dokumentation zur Zeitgeschichte 1938—1945. Hg. von Christine Klusacek, Herbert Steiner, Kurt Stimmer. Jugend und Volk, Wien 1971. *S. 43*

Adalbert Stifter, *Ein tausendgestaltig, seltsam Volk.* Aus: Gesamtausgabe Band 6. Insel Verlag, Frankfurt/Main 1959. *S. 10*

Franz Taucher, *Der erste Mai.* Aus: Entzauberung der Epoche. Verlag Styria, Graz 1967. *S. 77*

Johannes Urzidil, *Das Capua der Geister.* Aus: Der Trauermantel, erschienen im Sammelband, Das Elefantenblatt. Langen-Müller Verlag, München 1964. *S. 11*

Berthold Viertel, *Heimweh.* Aus: Dichtungen und Dokumente. Ausgewählt und herausgegeben von E. Ginsberg. Kösel-Verlag, München 1956. *S. 77.* — *Nach der Emigration.* Ebenda. *S. 46*

Hans Weigel, *Verliert Wien sein Gesicht?* Aus: Das tausendjährige Kind. Kritische Versuche eines heimlichen Patrioten zur Beantwortung der Frage nach Österreich. Verlag Kremayr & Scheriau, Wien 1965. *S. 16*

Josef Weinheber, *Kalvarienberg.* Aus: Wien wörtlich. Sämtliche Werke, Band 2, Otto Müller Verlag, Salzburg 1954. *S. 82.* — *Und der Wiener selbst?* Aus: Kleine Prosa, Schilderungen. Sämtliche Werke, Band 4, Otto Müller Verlag, Salzburg 1954. *S. 16*

Stefan Zweig, *Verborgene Lebenskraft.* Aus: Zeit und Welt. Bermann Fischer Verlag, Stockholm 1946. *S. 12*

Inhaltsverzeichnis